NNN《ねこねこネットワーク》からの使者

猫だけが知っている

矢崎存美

ハルキ文庫

JN192283

角川春樹事務所

目次

画・デザイン　植木ななせ
（旅するミシン店）

ねこ ねこ ネットワーク

NNN

からの使者

猫だけが知っている

この小説はフィクションです。

作中に描かれる猫の行動は、すべての人間を猫の下僕にするため暗躍する謎の組織NNN（ねこねこネットワーク）の理念に則っているように見えますが、ほんの少し関係あるかもしれません。

＊NNNはネット上の都市伝説です。
作者の創作ではありません。

第一話　猫だけが知っている

【三毛猫】

一般的に、白、黒、茶（オレンジ）の毛柄がある猫。アジア、とくに日本に多いため、海外でも「M《ミ》IK《ケ》E」と呼ばれる。目はゴールド系が多く、肉球はピンクかピンクに黒のぶち。きまぐれで、プライドが高い傾向があるとされる。遺伝子の影響でほとんどがメスで、オスの三毛猫は非常に珍しい。

誓

藤本誓《ふじもとせい》は、母親の一周忌をすませ、一人暮らしのアパートへ戻ってきた。

鍵を開け、玄関に入って顔をしかめる。室内に重々しい空気が充満している。

急いで部屋の奥へ進み、窓を開けた。冷たく清々《すがすが》しい風がさっと吹き込み、淀《よど》んだ空気を押し流していく。狭いベランダに出て、手すりに寄りかかる。

三階建てアパートの三階なので、夜景などというものは見られない。外には、夜だがけっこう明るいごく普通の街が広がっている。

誓は、ほっとため息をついた。そして、この一年のことを思い出す。

十年前に父親を亡くし、実家を整理し介護ホームへ入った母親も見送った。一人っ子で兄弟もいない。末っ子同士で結婚の遅かった両親の兄弟姉妹ももう亡くなっている。遠方に住むいとこたちとも今はほとんど交流がない。母親の葬儀には比較的歳《とし》の近いいとこたちが来てくれたが、墓もこっちなので一周忌は一人ですませた。

まだ独身だから、もう家族は一人もいない、ということになる。

「このまま、ずっと一人なのかな」と思った時にこみあげてきたもの――それは多分「寂しさ」だ。母が亡くなって、やっと実感が湧いてきたのかもしれない。今三十三歳だが、結婚できるかどうかは神のみぞ知る。いや、結婚というか、これから新しい家族ができるのかということなのだが——まったくそういう徴候もない。想像もできない。とりあえず生きてはいけるけれど、突然不安になることもある。そんなものは、今考えても仕方ないこととわかっているが、それを察して止めてくれる人もいない。母がそうしてくれていたわけではないが、生きている間は支えになっていたんだ、と気づいた。そう思うと、無性に——。

「ああ、寂しいな」

誓は、思わず声に出して言ってしまった。

すると、突然、

「こんばんは」

と男性の声がした。

「え？」

誰かに話しかけられた？

あわてて周りを見回すと、足元に猫がいた。一匹の三毛猫が、前足をそろえてきちんと座っていた。

え？　この猫が今「こんばんは」って言った？　まさか。そんなことあるはずない。猫がしゃべれるわけない。ましてや、話しかけてくれたなんて――。

「こんばんは。町会費の集金です」

「はいはい、ご苦労さまです」

――ご近所から、再び声が聞こえた。さっきの男性の声だった。

なんだ……。やっぱり勘違いか。よかった、猫に話しかけなくて。

と思いながらも、恥ずかしかった。寂しさのあまり、猫がしゃべっていると思ってしまうなんて。

猫はまだその場を動いていなかった。

白い部分が多いが、色分けのはっきりした三毛猫だった。座っている姿が真ん丸で、小さな顔に立派なひげ。しっぽは見えない。

ニャーン
猫が鳴いた。想像したよりずっと大きな声だった。

え、ところでなんでこんなところにいるの？　ここ、三階なんだけど？

近寄ろうとしたら、猫はパッと身を翻し、境の壁の下をくぐって、隣のベランダへ行ってしまった。え、隣の猫なの？

でも、ここはペット禁止のはずなのに。

何が起こったのか、狐《きつね》につままれた気分だった。現れたのは猫だけど、細いつり目は確かに狐っぽかった。笑っているみたいでとても愛嬌《あいきょう》があった。

猫をかわいいと思ったのは初めてだ。鳴き声も、あんなに近くで聞いたのは初めてかもしれない。張りのある澄んだ声をしていた。ペットにはとんと縁がないので。犬も猫も、小さい頃から飼ったことがない。鳥もハムスターも金魚も。

そういうものが近くにいると、少しは寂しさも紛れるだろうか。

しかし、そんな理由で動物を飼うのはいけない気がする。命を全うするまで責任を負わなければならないんだし。よく知らないけど、犬や猫だと十年以上は覚悟すべきなんだろう？

そんな器は自分にはないな、と誓は思う。今は自分のことだけで精一杯だ。

数日後、会社から最寄り駅へ歩いていると、妙な音が聞こえた。

言ってみれば、下手《へた》くそなバイオリンのような——耳障りなきしみ音に、思わず誓は足を止めた。

なんだ、この気味悪い音は、と誓があたりを見回すと、植え込みの下に、猫が一匹いた。

やせっぽちの白猫だった。小さい。まだ子猫なのかな？　それとも、やせているからそう見えるだけ？

ぎぃやぁ～

妙な音は、その猫の鳴き声だった。およそ猫とは思えない。よく見てみると、目がタレている。どことなく悲しそうだ。そう思うと、声も悲愴《ひそう》な色を帯びて聞こえてくる。

ぎぃやぁ～

誓の顔をじっと見つめて、何かを訴えるように何度も鳴き続ける。

と言っても、どうにもしようがなかった。もっと近くに寄ろうとしても逃げる素振りをするし。何をしたらいいのかわからない。

戸惑ったあげく、その日は何もせずに通り過ぎてしまった。

家に帰って、ふとんに入ると、頭の中にあのギシギシした鳴き声が響いてくる。

必死だったな。やせてたし……やっぱりお腹《なか》すいてたんだろうか。野良猫だよな、あんなところにいるんだから。首輪は……してなかったよな？

そんなことを思いながら眠ってしまった次の日。また会社の帰りに、あの猫がいた。

「ええー？」

とても困る。こんなとこいられても、こっちは何もできないんだけど。

誓はあわてて通り過ぎた。

野良の白猫

今日も白猫は、

「なんかよこせ〜」

と鳴いてみる。

すると、誓が足を止め、こっちに目をくれた。

「なんかよこせ〜」

また鳴く。

誓はしかめっ面をしていた。我ながらかわいいとは言い難い声だ。何度も何度もこの声を聞いて、いやになったのかもしれない。

しかし、今日も彼はやってきた。立ち止まると、カバンの中から何やら取り出す。なんと食べ物だ。食べかけのパンを持っている。さすがに毎日「なんかよこせ」と言われ続けて、観念したのだろう。まあ、彼には「ぎぃやぁ〜」としか聞こえていないだろうけど。なるべく切実に聞こえるようにしてるしね。

彼はパンを小さくちぎり、そっと地面に置いた。ポイッと投げないのはポイント高い。

しかも、あんこがついてない。一応気をつかってくれたのだ。偉い。偉いぞ。

白猫はパンに飛びついて食べる。うまいなー。コンビニのじゃないやつだ。ここのパン、おいしいよね。

誓は驚いたような顔をしていた。本当にお腹がすいているので、ガツガツと食べるこっちの様子を見てびっくりしたのだろう。人間だって、本当に空腹だったら、こんな感じだと思うのだが。

誓はもう一切れ、パンを置いた。それもありがたくいただく。彼の驚きが薄れることはなかった。結局、パンはあんこのみが残り、白猫の空腹はなんとか治まった。

彼は、あの猫から聞いたとおりの寂しげな人だった。そして、優しい人でもある。けど、パンをくれたのはただの気まぐれかもしれない。

気まぐれは、自分たち猫だけでたくさんだ。いや、それは猫の特権というべきか？

安全な植え込みの中に戻って、白猫が毛づくろいを始めると、誓がため息をついて駅の方へ歩きだすのが見えた。ちょっとくらい撫《な》でさせてあげてもよかったかなあ。でも、人間って原則怖いっていうか、あまり好きじゃない。あの猫に頼まれなかったら、こんなことしてないよ。

　次の日から、パンやご飯粒など、猫が食べても大丈夫そうなものを白い野良猫に与えるようになった。白猫はいつも腹をすかせていて、なんでもあっという間に食べてしまう。

　その日も、サンドイッチの端っこをちぎってビニール袋へ入れていると、パソコン業務を手伝ってくれている沖《おき》という女性が話しかけてきた。お子さんが皆巣立ったので派遣で働いているという。

「何してるんですか？」

「あ、これ、野良猫にあげようと思って……」

「え、この辺に猫いるんですか⁉」

「駅に行く途中の植え込みにですけど」

「あー、この近所じゃないのかー。あたしバスなんですよー」

　なんだかすごく残念そうだ。

「猫、好きなんですか？」

「好きですよ。今も家に三匹います」

「三匹も！」

猫好きなら、あの白猫を拾ってくれれば――と一瞬思ったが、そんなにいるのでは無理か。と言っても、誓がエサを与えている猫は、近寄ってくる時も腰が引けていて、まったく人慣れしていない。そんな猫はつかまえるのも大変そうだ。

「パンよりも、これあげたら？　猫の身体《からだ》にはこういうものの方がいいですよ」

沖さんは、自分のバッグをかき回して、小袋に入った何かを誓に差し出した。

「試供品でもらった猫のおやつ」

「え、いいんですか？」

「うちの子は食べないから。野良猫にはあげない方がいいんだろうけど、もうほんとにお腹すいててかわいそうな子にはあげてるんです……」

なんだか申し訳なさそうなのはなぜだろう。

「野良猫にはエサをあげない方がいいんですか？」

「住民の方にちゃんと声をかけて、エサをあげたあとも掃除とかして、迷惑がかからないよう毎日世話をするってことなら、多分いいと思うんです。でも、そんなことはなかなかできないですからねえ……」

あげない方がいいのか。でも、最近はあの猫、誓が行くと出てくるようになったのだ。

あげないようにするなんて、できない。期待しているんだろうし……。

でも、パンって猫にはあまりよくないのか。

その日、もらったおやつを白い野良猫に与えた。クッキーのかけらみたいな小さい粒状のものだった。白猫は、すぐにそれに食いつく。カリカリとおいしそうな音を立てて、あっという間に食べてしまう。そして、「もっとないの?」という顔で嘗を見上げる。キラキラした目で。

なるほど、今度はこういうおやつをあげればいいんだな?

その日は金曜日だったので、週末ホームセンターへ行った。猫のおやつ売り場に行ってびっくりする。たかがおやつと思っていたら、あの試供品のようにカリカリしたものから、クリーム状のもの、スープ状のもの、鶏のササミや魚を茹《ゆ》でたもの、猫用チーズなど——やたら種類豊富ではないか。

迷ったけれど、結局試供品と同じ、一回分が小分けされているカリカリ(っていうのか?)にした。いくつか味にバリエーションも持たせてみた。

それらを抱え、月曜日の夜もあの猫のいる場所へ向かった。

野良の白猫

誓がビニール袋を抱えてうろうろしているのを、白猫は木の上からながめる。

あれはホームセンターの袋だし、ちらりと見えたパッケージからして、この間くれたおやつをまた持ってきてくれたらしい。しかもたくさん。

「猫……猫……」

と遠慮がちに呼んでくれたりもしているが、名前がないとどうにも様にならない。

彼はしばらく探し回り、やがて肩を落として駅の方へ歩いていった。心が痛い。彼は気まぐれじゃなく、本当に優しい人だ。しかも、猫の身体に優しいおやつまで用意してくれた。

あのおやつおいしかったな……もらっとけばよかったかな、と白猫は思ったが、あの猫に頼まれたのはここまで。彼を試すようなことをしてしまって悪かったけれど。

誓の姿が見えなくなってから、木を降りた。

あの猫――三毛猫のミケさんといったっけ？――に伝えなくちゃ。彼が本当に優しい人だってわかったから。

白い野良猫の姿が見えなくなって、誓は意外なほどショックを受けていた。探すにも名前がなく、あだ名でもつけておけばよかったのか——いや、そんな問題じゃない。

数日、こちらの勝手でちょっと餌をあげていただけなのに……ショックなんて受けるはずもないのに。

次の日、会社でそのことを沖さんに話すと、

「大丈夫ですよ〜。生き物なんだもの、ずっと同じところにはいないですよ。別のエサ場を見つけたのかもしれないし、誰かに拾われたのかもしれないし」

そう言って慰めてくれた。そんなにしょげているつもりはなかったのだが、すごく元気づけられてしまった。

帰りにそこを通ると、ついつい探してしまう。そしていないとわかると、ひどく落ち込む。だったら通らなくてもいいのに——でも、もしかしたらいるかもと思うと、それもできなかった。いや、ただそこを通る通らないってだけなのだが。

会社では、沖さんが、猫の写真を見せてくれるようになった。

「もう三匹ともおじいちゃんとおばあちゃんなのよ～」

と言うが、見た目で年齢はわからない。みんなかわいい。

「いくつなんですか？」

「この子が十三歳、この子が十五歳。一番上の子が今年十九歳」

「ええー、猫ってそんなに長生きなんですか⁉」

ちょっと驚く。

「そうよー。でもそのくらいあっという間よ」

しみじみと沖さんは言う。

今まで猫の寿命なんて考えたこともなかった。猫どころか犬も知らない。

そもそもペットというものに接点のない生活をしていた。別に自分や家族が動物嫌いというわけではない。本当に縁がなかっただけだ。友だちの家へ遊びに行って、そこにいるペットをかまったりはしたが、やり方がよくわからないのでペットの方からこっちに関心をなくす。それはお互い様とも言えた。

別に今までまったく気にしていなかったことだ。これからもあまり気にしない――と思っていた。

でもなんだか、それが少しずつ変わっているように感じるのだ。最近、家の近所を歩いていると、やけに野良猫が目につく。すると、自然に姿を消した白猫のことを思い出す。

今では沖さんが言うように、そしてこの野良猫たちのように、どこかで元気に生きていると考えられるようになったが、雨や風の強い日や寒い日になると、外にいる猫が心配になってしまう。

よく観察すると、彼らが雨露をしのげるように猫ハウスが作ってあったり、その中に毛布やタオルなどが入っていたり——地域猫としてエサをあげるだけでなく、猫たちが快適に過ごせるよう、気をつけている人たちがいることに気づいた。

そういう場所——エサ場は同じ町内にもいくつかあって、それぞれに決まった猫がいるみたいだった。エサ場とは別に、猫が好む場所もある。今は寒い時期だから、もちろん日なただ。

誓は、猫が集まっているところを「猫だまり」と呼ぶようになった。身を寄せ合って寒さに耐えている様子など、まさに溜《た》まっているように見えたから。

野良の黒猫

誓は散歩をし始めたらしい。

猫好きだが家で猫が飼えない人間は、近所の野良猫を探し始める。そして関心がなければほぼ気づかない野良猫ポイントを頻繁に訪れるようになる。結果、毎日の散歩コースができあがる。

よくあることだ。人間が散歩するのは犬のためだけじゃない。

寒い日だった。なので、猫たちはみんな日当たりのいい場所を確保している。そこへ誓がやってくる。

最初はただ見ているだけだった。ちょっと立ち止まってじっと見て、すぐに歩きだす。そのくり返し。

この場所は三匹くらいで利用しているが、次第に彼は見分けられるようになった。と言ってもそんなのは簡単だ。みんなかなり外見違うから。黒、虎縞《とらじま》、長毛《ちょうもう》とわかりやすい。

他の場所の猫たちからも聞いたが、それぞれに名前をつけているらしい。かなり広範囲にポイントを見つけている。そこを全部回ると一時間くらいかかる。平日はたまに夜に、休日は昼間に巡っているのだ。

誓は猫をエサで釣ろうとはしなかった。猫の本音としてはもちろん食べたいけれど、地域猫の面倒を見ている人たちに迷惑をかけないようにしているところは好感が持てる。

初めて見かけた時（その頃は、まだ猫に関心を持っていなかった）は、とても不健康そうだったが、月日が過ぎるうちに誓はとても顔色がよくなっていった。仕事も忙しかったみたいだが、それより母親を亡くしたことで意気消沈していたらしい。ぶっちゃけ、生気がなかったのだ。

彼のアパートのベランダは、とても日当たりがよく、彼は昼間いないので、三毛猫のミケさんがそこでよく日なたぼっこをしている。たまに彼を見かけていたらしいが、みるみる元気がなくなっていく様子を心配していたのだ。

ミケさんは、人間を見る目がある。誓は猫には縁のない人、と見受けられたが、ミケさんと顔を合わせた時から少しずつ変わっていったらしい。

「寂しい人はね、あったかい生き物に惹《ひ》かれるんだよ。でも、だからって猫を都合よく利用しないでほしいから、よく観察してるんだ」

とミケさんは言う。うーん、でもそれってお互い様な気がするな。けど、猫の方が不利と言えば不利かもしれない。安心できない家での完全室内暮らしは無理だもんね。

誓をのんびり観察しているうちに、冬が終わった。暖かくなってくると、猫たちのいる場所は少しずつ変わってくる。

最初は今までと同じところに猫がいないことに驚いたりガッカリしていたようだが、涼しい場所にいる猫を見つけてからは、それっぽいところを見つけてはのぞいているらしい。生い茂る植え込みとか、一日中日が当たらない軒下とか。猫が夏に好む涼しい風の通るところが次第にわかってきたようだ。それとともに誓の散歩コースも変わった。そして、たまに声をかけてくれるようにもなった。

たまに返事をしていたが、ある時サイレントニャーで返したら、

「声が出なくなったのか⁉」

とあわてていたのが、面白かった。サイレントニャーとは、猫にとってはけっこう親しみをこめた挨拶で、口を鳴くように開けるが声は出さない（人間には聞こえない）、というものだ。あとで誓がネットで調べ、ちょっと感動していた、とミケさんから聞いた。よく猫サイトを見ているらしい。

そうやって静かに季節は過ぎていった。

誓

派遣先が別の会社になって、沖さんはいなくなってしまった。誓はそっとため息をつく。彼女が見せてくれる飼い猫たちの写真が楽しみだったのだ。見始めた時は、「みんなかわいいけど、顔は同じだなあ」と思っていたのに、最終的にはそれぞれの猫の顔つきが全然違うとわかるようになっていた。

最近の楽しみは散歩だ。今まで散歩なんてするような人間ではなかったのに。沖さんの

猫写真がなくなって、夜も毎日歩くようになった。つまり、野良猫がいるところを巡って歩いているのだ。誓が住んでいる街は、飼い猫でもまだ自由に外出する子が多く、下町っぽくてそこも気に入っている。

適当な散歩だが、意外と距離はある。猫がいそうな路地などにはつい足を延ばしたくなる。

顔なじみになると、猫の写真を撮る。最初は遠くからそっと、カメラ（携帯のだが）を怖がらない子には徐々に近寄っていく。

いつも猫がたむろしている場所で何度か撮っていたら、その中の黒猫が、なんとポーズを取ってくれるようになった。携帯を向けると、わざわざ姿勢を正して、カメラ目線になり「早く撮って」と言うようにじっとするのだ。

猫って、こっちの考えていることがわかるのかな。写真を撮る時どうすればいいのかわかってるなんて、頭いいんだな――猫に対してそんなことを思ったのは初めてだ。

誓は、猫をもっとよく観察するようになった。個体によって性格も様々で、人なつっこい子もいれば、怖がって絶対に近寄らない子もいる。飼い猫でも野良猫でもその点は同じだ。適当につけた名前に、ちゃんと返事をしてくれる子もいる。にらみつけられたり、無視されたりして妙に悲しかったり、何かを訴えるように鳴いても応えられない自分がもどかしい。

外見の好みというのはもちろんある。どうしてもいなくなった白猫のことが頭にあるので、白っぽい子に目が行くのだが、誓は、接して（触れないけど）いると、どの子も外見では測れない個性があるとわかってくる。

そんな猫たちも、日なたでごろんごろんしているところは楽しそうに見えるが、どしゃ降りの雨や酷暑の日にはどうしているか気になってしまうし、そのあと姿が見えなくなると落ち込んでしまうほどだった。

その時は、沖さんの言葉を思い出す。

『誰かに拾われたのかもしれないし』

どこかで温かい家族と一緒に暮らしている、と思うと、ちょっと気分が上向くのだ。

サバ

サバは、不動産屋の看板猫だ。

店の前のベンチに置いてある猫ベッドで眠ったり、入口の前に座って招き猫をしていたりする。猫につられて来るお客さんには、愛想よく撫でられたり、時には膝に乗ったりもする。

「サバは、うちの営業部長だな」

とお父さんは言う。自慢じゃないが、契約成立の半分くらいは自分のおかげだとサバは思っている。その証拠に、物件にペット可のものがとても多いのだ。お父さんの友だちに保護猫活動をしている人がいるので、大家さんたちに呼びかけて、そういう物件を増やしているらしい。

そんなこんなで、ペットを飼いたいと考えている人は、うちへやってくる率が高いのだ。

そういう人の中に、誓がいた。まだ店内には入っていない。最近、よくうちの店の前を通るのだ。

そろそろアパートの更新時期が近づいている、とミケさんから聞いた。

どうもこの町内での引っ越し先を探しているらしい。うちだけじゃなく、他の店の貼り紙も熱心に見ているという。

他の店に取られてたまるものか。営業部長としてのプライドが許さない。

うちほどペット可の物件が充実しているところはないよ。そう呼びかけてみる。振り向くけれど、ニコニコッとしてしばらく見つめて、通り過ぎてしまう。う〜ん、そう簡単にはいかないか。

その日も、誓はサバの店の前に立っていた。おそらく、ペット可物件が多いと気づいたのだろう。少し家賃は高めだが、猫や犬の鳴き声を考慮してあるし、内装もやわじゃない。

特に壁材や壁紙などが猫の爪に強いのだ。いい仕事している物件ばかりだよ！

そう言ってみた。しかし、やはりニコニコして去っていきそうな雰囲気を醸し出す。いかん、引き止めなければ。お父さん、何してんの⁉　まったく商売っ気のない人なんだから！

サバは、誓の足と店の戸の間に座り込み、彼の顔を見上げ、思いっきり大きくかわいく鳴いてみた。「お願い、開けて！」と言うように。

声の大きさに驚いたのか、誓は立ち去りかけていた足を止めて、サバを見た。すかさずそこでも一声あげる。

「開けて！　開けられないんだから、あなたが開けて！」

と言うように。

「え……？」

半信半疑の顔で、彼は戸を少し開けてくれる。やった！　素早く中に入り、奥へ向かってまた鳴く。

「お父さん、お父さん、お客さんだよ！　早く来て」

と。奥から「はいはい」と眠そうな声がする。「早く早く！」と鳴くと、ようやくお父さんが出てくる。

「あ、いらっしゃいませ」

戸から顔を出している誓を見て、お父さんが声をかける。

やった。とにかく中に入れることに成功。あとはお父さんの腕次第。こっちもできるだけ協力するよ。

サバは、カウンターの上に置いてある猫ベッドに入った。ここから、たまにお父さんを応援してあげるからね。

誓

「どうぞー」

猫につられて戸を開けたところを、不動産屋さんに見つかってしまった。いそいそと椅子をすすめられると、断りにくい。のぞいていたのは確かだし。

観念して中に入ると、さっきのサバ猫はカウンターの上にある丸い猫用ベッドに入り込んでいた。やはりここの飼い猫だったか。首輪もしていたしな。誰かにドアを開けてもらいたかったんだろう。

「おかえりー」

おじさんはそう言って猫を撫でる。気持ちよさそうに目を細めているが、せっせと毛づくろいを始めた。あくびもしている。

「さ、どうぞどうぞ。うちの猫につられて入ってきましたか？」

図星を指される。

「はあ……」

言葉をにごしたが、バレバレなのは不動産屋さんの笑顔で明白だ。

「お部屋をお探しですか？」

「それもあります」

「じゃあ、ぜひ。間取りを見るだけでも」

まあ、探しているのは間違いないので、話を聞くのもいいだろう。

椅子に座ると、物件のファイルをさっそく見せてくれるが、

「猫はお好きですか？」

質問はなぜかそちらの方へ。

「いや、そういうことじゃないんですけど……」

好きは好きだけど、見ているだけで、接点はやはり少ない。触ることもめったにできないのだ。とても「好き」とは言えない気がする。

「そうですか。それで？　ご予算は？」

以降は特に猫のことは訊《き》かれず、物件の話になっていったが、誓はベッドの中にいるサ

バ猫が気になってしょうがなかった。

猫は毛づくろいが終わったらしく、ベッドの中で静かにしている。寝ているのかな、と思ったが、どうも違う。

なんか、猫ににらまれている気がする。ベッドから顔だけをこっちに向けて、じーっと見られているのだ。

不動産屋さんは特に気にしていない。いや、もちろんそうだろう。この猫は、いつもこうなのかもしれない。しかし、眼力《めぢから》がすごい。念を送られているみたいだ。「ペット可物件にしろ」みたいな。いや、もちろんそれは自分の妄想でしかないのだが。

しかし、どうしてこんなに見つめてくるのか——たいてい野良猫からは目をそらされてしまうので、ちょっとうれしい。飼い猫だからなのかな。

誓の内面を読んだように、不動産屋さんが言う。

「うちはペット可物件が充実しているんですよ。何か動物は飼っていますか?」

猫が、ベッドの中で立ち上がった! と思ったら、伸びをして寝返りを打っただけだった。しかし、視線はまだこっちに寄こしたままだ。一見寝ているようにしか見えないのに、じーっと横目で見つめられている。

「いえ、何も飼ってませんが」

「でも、うちの前に貼ってある広告は、ほとんどペット可の物件ですよ。引っ越したら何か飼いたいって思ってるんじゃありませんか？」

「いえ……」

そんなことない、と強く否定できないところがつらい。ちょっと気になっただけなのだ。本当にちょっとだけ。

猫にはにらまれ、不動産屋さんからは執拗《しつよう》にペット可の物件をすすめられる。説明を聞くと、防音や内装もいいし、人やペットのセキュリティも万全だし、とても住みやすそうではある。が——家賃はやはり高い。けど、少し駅から離れると手頃な価格になるんだな。それでもちょっと高いかな……。

と顔を上げると、猫の視線とばっちり合った。目が真ん丸で、「決めないなんて、そんな！」みたいな顔をしている——ような気がする。いけない、自分で勝手に猫の気持ちをアフレコするなんて、ずいぶんと気持ち悪いことしてるな。

でも、住環境はとてもいいんだよな。ちょっと昇給もしたし……。

だらだらと自分の中で言い訳をしているうちに、誓は結局ペット可の物件に決めてしまったのだった。猫からのプレッシャーに負けたような気分だった。

誓が店から出る時、サバ猫を見ると、「やりきった！」みたいな感じで丸くなって寝ていた。もう顔も上げてくれなかった。

せっかくペット可のマンションに入ったので、これはもう、猫を飼うしかないな、と思う。逃げ場がなくなったとでも言えばいいのか。

ペットショップで買うこと……も考えたのだが、やはり高いし――今までいろいろ見てきた野良猫たちのことを考えると、そういう子たちの里親になりたい。猫は血統書つきでも野良猫でも、外見的に大きな差はない。本音を言えば、来てくれるんならどんな子でもかまわないと思っていた。里親探しサイトなどを見て回っていると、どの猫もかわいくて、無駄に迷ってしまうくらいだった。

そんなある日、以前、会社帰りにパンをあげていた白猫とよく似た子猫を里親探しサイトで見つけて、ほとんど衝動的に申し込んでしまった。

メールでアンケートなどをやりとりして、いつ子猫がやってくるのかな、と思っていたら、なんと家で面接があると言う。飼える環境にあるかどうかを見極めたい、とのこと。そういうものなのか……。初めてのことなのでちょっと戸惑ったが、承諾する。何しろペット可物件だし！　猫が遊べるスペースも充分ある。どのくらいの余裕があればいいのか知らないけど、決して狭くはない、と思うのだ。

どこに何を置こうか、と考えているうちにいてもたってもいられなくなり、誓はホームセンターのペット用品売場へ行ってしまった。

エサは何にしよう、とか、トイレや猫砂にもいろいろな形や機能がある、とか、キャリーは布製にしよう、とか、キャットタワーも必要だろうか、でも、もう少し引っ越しの荷物を片づけないと置けないな、とか——見ているだけで楽しい。

みんな買ってしまいそうになるが、それはちょっとせっかちすぎる。ぐっと気持ちを押しとどめて、猫じゃらしを一本買うだけにした。投げて遊ぶボールみたいなの方がいいかな、両方買ってしまおうか、と迷ったが、それも我慢する。

やっと猫が飼える——と思うと、わくわくが止まらなかった。

誓が越したマンションの部屋は一階なので、小さな庭がある。日当たりがとてもいい。

里親サイトの人がやってくるというので、ちょっと落ち着かない朝だった。ふと外を見ると、日当たりのいい庭の真ん中に、猫が座っている。三毛猫だ。あれ？　以前見たことがある？

あのはっきりした三毛には憶《おぼ》えがある。いろいろな猫を見るようになってわかったのだが、あんなにきれいな三毛は今時珍しいのだ。狐のような細いつり目、というのは印象だけで、実は狐の目はつぶらだ。この猫は、切れ長のつり目だった。鋭いというか、頭のよさそうな知性的な顔をしていた。思慮深そうで、こちらの考えていることを見透かされそうな金色の目をしている。

窓を開けたら、ちょっと逃げる態勢になった。しっぽが見える。とても短い。里芋みたいなしっぽだった。丸っこい身体やしっかりした脚といい、本当にザ・日本猫という容貌だ。

仕方なく窓を閉めた。すると、またさっきと同じポーズに戻る。里親の面接を見守ってくれるんだろうか。幸先《さいさき》いいのか？　誓としては、あの三毛猫でもいいのだけれど。

それから間もなくして、里親サイトの人が訪ねてきた。誓より年上に見える女性が二人。あ、猫は連れていないんだ……。

自己紹介しあってお茶などを出し、テーブルに向かい合う。

「さっそくですが、面接を始めさせていただきますね」

年かさの女性が、そうきびきびと言った。事務的と言ってもよかった。このあと、いくつか候補宅を回るという。

「お一人で暮らしてらっしゃるんですね？」

「はい」

「ということは、昼間は家にはいらっしゃらないんですね？」

それはサラリーマンだからしょうがない。猫は一匹でも留守番できると聞いたけれど……。

「いないこともありますが、うちの会社では前もって申請すれば、毎日出社する必要なく家で仕事ができます」

今までは普通に毎日出勤していたが。それは、家に一人でいるのがいやだったからかもしれない。

この制度が導入されて、助かっている人が多いので、我ながらいい会社に勤めているな、と思っている。しかし、里親サイトの人はこうたずねた。

「その制度はずっと利用できるんですか？　部署が替わったりしたら、どうなるんですか？」

それはちょっと考えたことがなかった。すべての部署に適応されているわけではないのだ。専門職に近いので、異動はほとんどないはずだが、

「転職した場合はもちろん変わりますよね？」

確かにそうだ。将来はどうなるかわからない。

そんなようなことをしどろもどろに答えると、相手は話題を変えた。

「お近くにご家族やご友人は住んでいらっしゃいますか？」

相手に悪気はないとはいえ、家族はいない、というのをこのような形で思い知らされるとは。仲のいい友人も、今はみんな遠方に住んでいるのだ。ＳＮＳでつながっているけれど。

「いえ……おりません」

「では、あなたが長期不在の場合、この家で留守番するなり預かってくれたりするご友人

などはいらっしゃいますか?」

　誓は言葉に詰まる。

「……その時は、プロに頼みます」

　何が起こるかわからないから、さすがに「どこにも行かない」とは言えない。プロの猫シッターさんに頼むのが、一番賢い選択だと思う。

「そうですか」

　でもこれは、里親サイトの人からすると不安材料なのかもしれない。二人の表情からはわからないけれど。

　そのあともいろいろと訊かれたが、誓は淡々と答えていった。正直、猫を飼うための面談で、なんでここまで訊かれなきゃならないのか、と感じたが、表には出さなかった。

　だが、次の質問にはドン引きしてしまった。

「不躾《ぶしつけ》で本当に申し訳ないのですが、経済的には猫を飼っても大丈夫な状況でしょうか?」

　ええ……と声を出しそうになった。それは、収入がどれくらいか? と訊かれているようなものではないか。どの程度なら許してもらえるの、とつい卑屈になってしまいそうだが、はっきりと答える気にもならない。もちろん、嘘《うそ》をつく気も。

　動物が病気をするとけっこうお金がかかるというのはわかっているつもりだ。それが原因で捨てられてしまう子もいるという。でもそういうことをするかしないかって、収入とは全然関係ないことじゃないか？

　誓は適当にぼかして答えた。

「あ、そうですよね――」

と彼女たちは言ったが、少し気まずい空気が流れる。

そのあと、二人は家の中をいろいろ見て、チェック項目を確認して、帰っていった。

　一人になった誓は、とても疲れてぐったりと床に寝転んだ。が、はっと気づいて窓から外を見る。

　三毛猫はいなくなっていた。そりゃそうだ。生きているんだもの。ずっといてくれるわけがない。

　と、わかっていても、誓はなんだか、見放されたような気分になってしまった。


　後日、誓の元へ里親サイトから断りのメールが来た。

　主な理由は、「長時間留守にする可能性が高そうなので」。一人暮らしの男だから、こう思うのはわかる（いや、納得はしていないけれど）。でも、もう一つの理由はなんだ？

「キャットタワーが置けそうにないから」というのは？　失礼な、置ける場所くらいあるぞ！　それともあの時、荷物を片づけて買っとけばよかったってこと⁉

　なんかもう、面接をしている間にここのサイトから子猫をもらうのはあきらめてしまったので、思ったよりもショックはなかったが、モヤモヤした気分は残る。

そんな気分を晴らすため、やたらとネットで検索してみたところ、遅まきながら一人暮らしの男性が子猫の里親になることの難しさを知った。面接まで行っただけよかったのか⁉　いや、そんな慰め、なんの足しにもならない……。

里親サイトによっては、引き取られた子猫が虐待や詐欺の犠牲になったという過去があり、それでだいぶ審査が厳しくなったという。そのようなことをやったのが一人暮らしの男性に多かったことから、そういう人は断ると。

里親になれなかった時は「最初から一人暮らしの男には譲らないと書いておいてくれ」みたいなことを思ったが、実際にそういう注意書きを目にすると、それはそれでショックだろう。しかし、可能性が低いのに期待してしまったこっちの気持ちは？

すべては猫のため、というのはわかる。すごくわかるけれども、なんだかやりきれなかった……。

一人暮らしの男は、どこかに捨てられている猫を拾うか、ペットショップで買うしかないのだろうか。でも、引っ越したばかりなので少しふところが寂しい。お金を貯《た》めないとペットショップから迎えるのは無理だ。

そうなると、ひたすら縁を待つしかないのだろうか。「公園に捨てられていたので拾いました」とか「近所で生まれたのでもらいました」なんてネットでは読むが、そんなこと自分の周辺に起こったことも聞いたこともない。人の家の猫がどのようにしてやってきたかなんて、興味もなかったからなあ。

俺には、猫縁《ねこえん》がないのだろうか。

縁ね……。誓は、いつもの猫散歩をしながら考えた。

家族はいない。前の彼女とは母の具合が悪くなったあたりで別れてしまって、それ以来恋人もいないし、友だちも近くにいない。ずっと一人だ。猫よりも、人の縁を望んだ方がいいのかもしれない——とも感じるが、近所に住む野良猫を見るたび、この子が家に来てくれないかな、と思うことをやめられない。

うちに来たら、おいしいごはんもあげるし、あったかい寝床も用意してあげるし、夏も暑くないようにしてあげる。

そう小声でつぶやいても、猫には全然通じない。誓が近づいても、逃げてしまうのだ。

「あーあ」

とつい声に出して言ってしまう。

帰るか——と立ち上がった時、後ろからの視線を感じた。振り向くと、見憶えのある猫がいた。不動産屋の猫だ。

サバ

「サバ」

と誓が呼びかけてきた。

自分の名前——サバ柄だからサバって、なんて安易なと思っていたのだ。虎柄だったらトラになってたなんて単純すぎる。でもこれって、フランス語だと挨拶なんだって？　誓が前に教えてくれたのだ。

以来、自分の名前が好きになった。お父さん、実はよくよく考えてくれていたのかなあ。親愛の情をこめて、サイレントニャーを返す。ふふ、鳴き声なんて猫同士では本当は必要ないのだ。

誓は近寄って、頭を撫でてくれた。そして、こんなことをつぶやく。

「サバ、猫を飼うのは難しいな」

ハッとした。表情が暗い。口調が沈んでいる。撫でる指に力がない——猫は、ささいなことから人の気持ちが読める。超能力があるとかそういうのではなく、単に人間よりいろいろな感覚が鋭いからなのだが、それがサバに訴える。誓が、猫を飼うことをあきらめそ

うになってる⁉

「どこかに捨てられてる猫がいたら、知らせてよ」

そう言いながら、そんなこと無理に決まっているという気持ちがにじんでいるようだった。これは、ミケさんに早めに知らせなければ。

わかった、と誓に答える。つまり「にゃーん」と鳴いて、すぐにミケさんを探しに行く。

「わかった」という返事が彼に聞こえたとしても、今の誓は猫が願いを叶《かな》えてくれるとは思わないだろう。気落ちしていると、何も信じられなくなる。

とはいえ、猫には猫の都合っていうものがあるのだ。

誓

ある日の夜、家で仕事をしていると、玄関のチャイムが鳴った。

荷物かな、と思いドアを開ける。あれ？　誰もいない——と思ったら、足元を何かがすり抜ける気配がした。

うわっと思って後ずさると、部屋の中から、

ニャーン

いの？

と声がした。

振り向くと、部屋の真ん中に猫がいた。三毛猫だ。あれ、またあの子？

どうしよう、ドアは閉めた方がいいのか、それとも出られるように開けておいた方がいの？

ためらっていると、猫がまた、

ニャーン！

と鳴いた。すごい声。「早く来い！」って言われてるみたい。

誓は、ドアを閉めて、部屋へ戻る。

そこで初めて気がついた。三毛猫の足元に、子猫が落ちてる！

「何⁉」

あわてて近くに駆け寄るも、手を出すべきなのかわからないまま、座り込んでしまった。

白い子猫はぐったりしているように見える。小さくて、目が開いていない……？　生まれてどのくらいなんだろう？　まさか生まれたばかり⁉

ど、どうしよう⁉　猫を飼いたいとは思っていたが、実際はほとんど触ったこともないのだ。抱っこもしたことないかもしれない。もしかしたらこの子猫は病気で、俺に救ってほしくて三毛猫が連れてきたのかもしれない！

しかし何をしたらいいのか、誓にはさっぱりわからない。おろおろして子猫を見下ろすばかりで、動けずにいた。

ニャーン！

猫の鳴き声にはっと顔を上げる。振り向くと、三毛猫が机に座っていた。パソコンのマウスをちょいちょいしている。

「え、ちょっと待って」

ファイル、保存してなかった、とパソコンに近づいて、ハッとなる。三毛猫は、お前の目の前のものはただの箱なのか、と問いたげな視線を誓に寄こす。

「あっ、そうか――」

子猫にタオルをかけてから（そのまま放置するのは忍びなく）、パソコンで検索をする。「子猫　育て方」なのか「子猫　ミルク」なのか「子猫」あとなんだ？　どう検索すればいいのか――。

ニャーン……。

悲しげな声に再び振り向くと、今度は子猫に向かってうなだれているような三毛猫が！

どういうこと⁉　死にかけているってこと？　やっぱり、この子猫は病気なの⁉

「そうか、まずは病院に――」

「子猫　病院」と検索した。あ、町名――区名くらいまで入れた方がいいか！

ズラズラと動物病院が出てきた。しかし一番近い動物病院は、もう閉まっていた。明日の朝にならないと行けない。救急をやっているところは、とても遠い。

ええっ、それじゃこの子が死んでしまうかもしれないじゃないか！　とまたパニックになる。救急病院まで、タクシーで行くべきだろうか、持ち合わせが——タクシーってカード使える⁉　プリペイドで払えるっけ——。

ミャー！

今度はなんだ⁉　と振り向くと、なんと子猫がうにうに動いていた。タオルからはみ出し、短くて小さなしっぽをピコピコ振って、ものすごく大きな声で鳴いていた。え、子猫ってこんなに大きな声出すの？

誓はちょっとほっとした。子猫はぐったりしていたのではなく、寝ていただけらしい。目もしっかり開いている。鳴き声はすごく元気だ。

じゃあ、動物病院は明日行くとして——それまで何すればいいの⁉

すがるように三毛猫を見ても、何も言わない。反対に「何してんの？」みたいな目で見られる。そうだよな。当たり前だ。

誓は、もう一度パソコンで検索する。

「『子猫　拾った』でいいか……。拾ったんじゃなくて、持ち込まれた、だけど」

そのワードで検索すると、何をしたらいいのか懇切丁寧に解説してくれている有益なサイトが出てくる。それらによれば、とにかくまずは温めろと。

「ペットボトルにお湯を入れて、タオルでくるんだ湯たんぽを用意する――」

リサイクル用の袋から小さめのペットボトルを引っ張り出し、中を洗う。湯を沸かしている間に、ダンボール箱を組み立てる。よかった、この間捨て損なって。

その箱の中にペットボトルの湯たんぽを入れ、子猫も入れた。これで少し落ち着くだろうか、と思ったが、まだミャーミャー鳴いている。しかも、だんだん声が大きくなり、ギャーギャー言うようになってきた。

「これは、お腹がすいてるってことなの？」

三毛猫に訊いてみる。もうこの子に訊くしかないからだ。しかし、やはり答えはないので、さっき検索したサイトをもう一度見る。

「え、離乳してなければ猫用ミルク……？」

そんなもの、うちにはないよ⁉

「どうしよう……」

と話しかけても、三毛猫はまるでもう関心がなくなった、というように、ぷいっと背中を向けて、部屋の中をふんふん嗅ぎ回り始める。そんなぁ～。

ちょっとだけ猫たちに留守番をしてもらって、コンビニに買い物に行くという手もある。でも、不安だ。いや、きっと大丈夫なはず。三毛猫が面倒見てくれる――とは限らない。

どのタイミングでコンビニへ行くべきか。トイレの砂も必要じゃないのか？　砂というか、猫トイレもないけど、どうしたら……。

その時、

ニャッ、ニャッ

と声がした。三毛猫が鳴いたらしい。

どこにいるのか、と探したら、机の下の通勤バッグから、猫のおやつを引きずり出している。あっ、前に買ったやつ、ずっと入れっ放しにしといて——。

そういえば、さっき見たサイトの中に、「子猫へはカリカリをふやかして与えるなどの配慮を」って書いてあった。それならこの子猫でも食べられるかも。賞味期限は大丈夫かな、と確かめると、かろうじて期限内だった。もう使わないと思っていたのに。

子猫には小さな歯が生えていた。カリカリのままでも食べられるかもしれないが、成猫用のおやつだし、一応水でふやかして与えるか——明日、病院に行くまでの非常食として。

ギャーギャー騒いでいるので、待っている間がもどかしかったが、充分軟らかくなるまで水にひたしてから子猫にカリカリを与えた。スプーンでちょっとつぶしてあげると、文字どおり、子猫は貪るように食べた。ウミャウミャ何か言いながら食べている。「うまい」って言っているみたいだった。そういえば、そういう猫動画見たことあるな。ほんとに言うんだ……。

この勢いでは、すぐになくなってしまう。どうしよう、おかわり用意した方がいいのかな？　どのくらいあげたらいいのかわからない——とまた三毛猫を見るが、「とりあえず、このくらいでいいんじゃね？」みたいな顔をしていた。

ような気がする。

三毛猫に「食べる？」と差し出すと、掌《てのひら》からカリカリを食べた。おお……なんか感動。撫でさせてくれるかな、と手を出すと、ふいっと避《よ》けて、「ニャッ」と鋭く鳴いた。

「あっ、トイレ……」

まだまだ用意しないといけないものがあるのだった。ネットの情報を見てトイレを作る。小さいダンボール箱を探してきて、ビニール袋で覆う。そこに細く裂いた新聞紙を入れる。新聞は取ってないのだけど、昨日なんとなく会社から持って帰っててよかった。こういうことあるって予感があったからだったんだろうか。

いや、そんな予感はまったくなかった、と思い直す。たまたまだよ、たまたま。

誓は、即席トイレを子猫のいるダンボール箱に入れる。果たしてトイレとわかるのか、と不安だったが、すぐに興味を持ったようで、ふんふん匂いを嗅いでいる。砂ないけど、トイレするかな、と思ったら、子猫はけっこうあっさり箱へ入り、躊躇《ちゅうちょ》なくうんちをした。

猫のトイレトレーニングは割と楽ってネットでは見るけど、本当なんだ、と感心したのもつかの間、うわっ、臭い！　けっこう臭いじゃないか。しかもそのあとすぐ、おしっこもした。

なんと、うんちより臭い！　これはすぐに片づけないと！
思わず窓を開けてしまうくらい臭かった。三毛猫は平気な顔をしている。まあ、そりゃそうだよな。
トイレをすませた子猫は、湯たんぽにくっついてまた眠ってしまった。ぽんぽんに膨れたお腹を見せて。
三毛猫と一緒に、誓はしばらく子猫をながめていたが、
ニャー
またそう鳴いて、三毛猫は立ち上がり、窓へ向かった。そして、爪でガラスをかしかしひっかき始めた。
外へ出せ、と言ってるんだな、と思う。
「君もここで暮らさない？」
誓はそう言ってみた。三毛猫が自分のところへ子猫を連れてきてくれたんだな、とわかっていた。でも、ここならこの猫だって飼える。前のアパートでは無理だったけれど。
「ね、ここにいればいいじゃん」
と顔を近づけて言ってみた。すると、
てしっ
と頬を叩《たた》かれた。爪の出ていない肉球で、だったが。「ふざけんじゃないよ、早く開け

ろ」と言っているみたいだった。

三毛猫の顔は険しい。なんとなく気圧《けお》されて、誓は窓を開けた。するっと三毛猫は外に出た。そして、
ニャッ
と振り向きざまひと声鳴き、小さな庭から夜の街へ出ていってしまった。誓はしばらく見送ったが、戻ってはこなかった。

頬を叩かれた時は、嫌われたかな、と少し悲しくなったが、振り向いた顔は笑っているように見えた。「その子を頼むよ」とでも言っているような。

そんなの、こっちの妄想なんだろうけど。でも、あの三毛猫が子猫を連れてきたのは、紛れもない事実で……。

けど、誰も信じないだろうな。ていうか、それはそれで、なんだかうれしい。誰も信じなくても、これはきっと、あの三毛猫と自分と、子猫だけが知っていることなのだ。

ちょっとだけ仲間に入れてもらえた気がして、誓はうれしかった。

「またおいで」

そう言って誓は窓を閉め、ダンボール箱をのぞきこんだ。子猫も笑っているように眠っている。起きたら、買っておいた猫じゃらしで遊んであげよう。

第二話　かぎしっぽの幸せ

【かぎしっぽ】

先端が曲がったしっぽのこと。「しっぽで宝箱の鍵をあけ、金運を運んできてくれる」「幸運をひっかけてくる」などというジンクスがある。かぎしっぽは東南アジアに多く、日本国内では、かつて南蛮貿易で栄えた長崎でとくに多い。

野良のちび黒

そろそろ独り立ちをしなさい、と母に言われて、あたしは素直に言うことを聞いた。他のきょうだいは、噛《か》まれたり脅されたりして渋々独り立ちをしたようだったが、あたしは割とあっさりしたものだった。猫というのはそういうふうに生きていく、となぜか悟っていたのだ。

エサ場のあてはあったけれど、そこは思いのほか競争の厳しい場所だった。あたしは基本争いを好まないし、できればダラダラして暮らしたい。割り込まれたりすると抵抗はするけれど、あまりにもしつこいと引き下がってしまう。結果、残っているカリカリのかけらとか、地面に落ちたカリカリを拾って食べることになり、常にお腹《なか》がすいている状態になってしまった。

雨を避《よ》ける場所を探すのも大変だ。タオルとか毛布が置いてある箱みたいないいところにはもう先客がいるから、自分で誰にも見つかっていない乾いた場所を見つけるまでが大変だった。でも、そこも身体《からだ》の大きなオス猫に取られてしまった。あーあ、また探さなくちゃ。

狩りもするけれど、実は苦手で、人間にもらうエサよりおいしくない。そういうことは、母から聞いていたけれど、そのとおりだったなあ。

野良仲間の中には、

「絶対に人間になんか飼われたくない」

と言う猫もいるが（母はそういうタイプだった）、あたしはそんなに抵抗ない。子猫の頃、エサをくれる人間は皆優しかった。撫《な》でてもらえるとうれしかった。いい人にだったら拾われたいなあ、と思う。

そんな話を知り合った野良仲間に話したら、

「ミケさんに相談するといいよ」

と言われた。

「ミケさんって誰？」

「この町のボス――じゃないんだよね。ほんとに相談役って感じの三毛猫さん」

「へー。ミケさんにはどうやったら会えるの？」

「うーんと、そのうち、多分」

「わかったー」

誰かが誰かに伝えて、そのうちミケさんに伝わる。それをあたしはのんびり待つ。猫ってだいたいこんな感じで生きてる。

　ある日、いつも日なたぼっこしている猫だまりでウトウトしていると、とことこと三毛猫がやってきた。見たことのない猫だった。でも、他の猫たちは特に緊張していない。

「こんにちは。わたしに会いたいって伝言を聞いたよ」

　あ、これがミケさんか、とあたしは思う。白い部分の多いはっきりした三毛で、丸っこい身体をしていた。ちょっと小さな顔に切れ長のつり目、立派なひげ。しっぽはとても短かった。

「こんにちは」

　多分ミケさんだろうとは思うが、あたしは慎重にお返事をする。

「〝ミケさん〟って言われてる猫です」

　丁寧に挨拶をしてくれる。ふんふん嗅いでみても嘘《うそ》をついている匂いはしない。ちょっと安心する。だいぶお歳《とし》のオスみたいな匂いがする。

「人に飼われたいんだって？」

「はい、そうです」

「もう目星のついている人はいる？」

「いないです」

「じゃあ、まずそれを探さないとね」

「そうなんですか？」

ていうか、どういうシステムなのか、全然知らない。

「自分でいいって思う人を見つけて、そこに行く方が幸せになれるよ」

幸せ——それはすてき。

「気になる人とかいる？」

うーん……。

「そう言われてみると、人間に飼われたいって思う割には、あまり人間に興味なかったかも」

「いくつなの？」

「四ヶ月です」

「じゃあ、なるべく早い方がいいね。ちょっと人間観察してみて。誰と決めなくても、好みの人間がどんなのかとかわかるといいな」

「わかりました」

ミケさんに言われてから、人間をよく観察するようになった。

エサ場で面倒を見てくれている人たちは、いわゆる「猫ボランティア」ってやつらしい。

ほとんどが女性で、エサがちゃんと行き渡っているか見てくれる。どんくさいあたしに、あとでエサをくれたりもする。

その人たちは、たいてい家にも猫がいて、怪我《けが》や病気をした地域猫も引き取って、里親を世話してくれたりする。でも、あいにくあたしはちょっと腹ペコなだけで、身体は丈夫だった。

ゴミ捨て場にあった鏡を見て、とりあえず自分の器量を確かめる。うん、なかなかいいと思う。ポイントは真っ黒な身体に金色の目だ。しっぽは短めだが、先がちょっと曲がっている。かぎしっぽの黒猫というのは人間にとって福猫なので喜ばれる、と母に聞かされた。「幸運をしっぽの先にひっかけてくる」と言われているとか。

「だから気をつけろ」って言われたんだけど、誰もあたしをつかまえたりはしなかった。縁起がいいからって理由だけじゃ、人間は猫を飼わない。それだけで飼われても、猫の方も困る。

なかなかかわいいから、あとは誰かいい人を見つけるだけ、と思うのだが、そう簡単には見つからない。かわいがってくれる人というか、歩く足をわざわざ止めて、人なつこい野良猫を撫でるのが楽しみ、という人はけっこういる。その人たちに撫でられることをあたしは楽しんでいたけれど、そういう人ってたいていペット不可のところに住んでるんだよね。だから、あたしたちに癒やしを求める。

本音を言えば、あたしはなるべく早くこの生活に見切りをつけたい。とはいえ、変な人にはひっかかりたくないし——ピンと来る人ってなかなかいない。

ミケさんがまたやってきた。

彼は、毎日いろいろなところを回っているらしい。外の猫には縄張りがきちんとあるのだけれど、ミケさんには関係ないらしい。すごいな！

「なかなかピンと来る人がいないいんですよね」

と相談してみる。

「大人しか見てないんじゃない？」

そう言われてみればそうだ。だって子供は嫌いだから。子猫の頃、追い回されてからちょっとトラウマなのだ。それに、結局飼うのは大人が許可してくれなきゃ無理だし。

「子供が拾ってくれるっていうのもよくあることだよ」

「親にダメって言われたらダメじゃないですか」

「家族に反対されたら、大人でもダメでしょ？」

——なるほど。大人でも子供でも同じか。

「猫は子供嫌いが多いけど、猫にいろいろあるように、子供にもいろいろな子がいるから」

そうなんだー。騒がしくて乱暴な子ばかりだと思ってた。

それからは子供に注目して観察していたら、一人、よく――というより、毎日見かける男の子がいることに気づいた。

「あれは、近所の私立小学校の子だね。制服着てるから」

あたしがその子をながめていると、野良猫仲間が言う。

「多分、いいとこの子だよ」

「いいとこって？」

「お金持ちってこと」

ふーん、そうなんだー。お金持ちって道端の野良を拾ったりしないんでしょ？　きっとペットショップできれいな子を買うのだ。あたしみたいなただの黒猫じゃダメかなあ。

彼は、とても賢そうな顔をしていた。おそらく学校帰りにいつもここに寄るんだろう。もしかして遠回りしているのかもしれない。この近くに住んでいるのか、それとも電車やバスで通っているのかわからないけれど。猫が好きなのかな？　好きじゃなきゃ、野良猫ながめに来たりはしないよね？

あたしは勇気を出して、その子に近づいてみることにした。遠くから通ってくる子は、だいたいスイカとかいうICカードを持っているのだ（これも野良仲間に聞いた）。ランドセルにぶら下げていたりする。

「ニャー」と言いながら近づくと、その男の子はパアッと笑った。足元近くでちょっと立ち止まると、彼は座ってこぶしを差し出してくる。あら、猫のことけっこう勉強してんじゃん。こっちが怖がらないようにしようとしている。昔追いかけ回されたクソガキとは違う。

なるほど、大人も子供も、つまり人間も猫と同じくらいいろいろいるってことなんだね。

こぶしをふんふんと嗅いだ。特に危険はなさそう。鼻を少し押しつけると、ちょっとだけ頭を撫でてくれた。あ、いい感じ。

とりあえず、彼の足元をぐるりと回って、その日はその辺にしておいた。ランドセルにカードはぶらさがっていない。徒歩通学か、あるいは車で送ってもらっているか。すごーいお金持ちなのかもしれないなあ。

次の日、ミケさんに、

「気に入った子供がいます」

と伝えておいた。

「そりゃよかった。人間を好きになれないのに飼われるのはいろいろ大変だからね」

あ、そうだよね……。「飼われたい」と思うくせに人間に興味ないなんておかしい。

「自覚が足りませんでした」

「そこまで大げさに考えなくてもいいから。人間大嫌いなのに飼われてる猫もいるにはいるしね」

「嫌いなのになぜ飼われてるんでしょう？」

「それは利害の一致っていうか、外で暮らすよりはずっと楽だから」

そうなのだ。猫はすごく現実的な動物で、たとえ嫌いな人間がくれるものでも、おいしいごはんはおいしい、と思える。自分にとって一番大切なものが、いつだってわかっているのだ。自分に害のない人間ならば、視界に入れないようにすればいいってだけ——かも？　人間と暮らしたことがないから、よくわからないけど。

「人間のこと、教えてください」

とミケさんに頼むと、

「教えてもらってどうするの？　人間に対してどう思うかは、君でしょ？　わたしがこう思うから君もそう思わなくちゃいけないなんてことはないんだよ」

と言われた。怒っているとか説教とかではなく、本当に不思議そうに。そうだよなー、自分で知るって一番面白いことでもある。猫は、好奇心に満ちあふれた動物だ。すごく怖がりな子もいるけれど、あたしはそうじゃない。まだ子猫だからわからないことを周囲にすぐ訊《き》いてしまうけれど、それはそろそろ卒業しなくちゃいけないのかな。

「その子と暮らせるかはわからないけど、せっかくだからそうできるようにやってみようか」

あたしは自分で考えて答えを出そうとしたが、わからない……。

「無理しなくてもいいんだよ」

ミケさんは困ったような顔をする。

「わからないことをたずねる相手がいるならたずねるように」

「何をすればいいんでしょう？」

ほっとして質問をする。

「かわいがってもらうようにする」

出た答えに、ついげんなりした顔をしてしまう。

「いやかな？」

「媚《こび》を売れということですか？」

ついそんなふうに言ってしまうが、でも、ひもじいのも寒いのも雨に濡《ぬ》れるのもいやだしなあ。

「いや、そこまでは。自分の機嫌のいい時は、愛想よくしようねってこと」

「なるほど。そのくらいだったらできそうです。自分がいやな時は無理しなくてもいいんですね？」

「そうそう。人間だってこっちの言うこと聞いてくれない時もあるし」

ふと思い立って質問してみる。

「ミケさんって人間に飼われたことあるんですか？」

「ないよ」

あっさり。

「ないはず」

何その曖昧な表現は。

「あるんですか？」

「面倒見てもらったことはあるね」

それって聞いたことある。

「通《かよ》い猫《ねこ》的ってこと？」

「そうだね」

そうやっていくつかの家で面倒見てもらって、歳をとった時や病気の時、どこかの家に引き取ってもらう、というのも野良というか、地域猫の生き方の一つだ。

「人間を好きになったことはありますか？」

「どうかな……あるかもしれないし、ないかもしれない」

ミケさんは、ちょっと謎な言葉を残して、去っていった。

その日から、男の子をよく観察するようになった。その子の姿を見かけたらいそいそと近寄るようにすると、すごくうれしそうな顔をする。何回かそれをくり返していたら、猫用のおやつをくれるようになった。

小学生なのにそんな知識を持ち、それを買えるとは。おこづかいからなのかな。それとも、親に買ってもらっているんだろうか。

親が買ってくれてるんだったら、俄然《がぜん》飼ってもらえる確率が上がったかも。とはいえ、まだペットショップの子になり代わられる可能性は消えない。

この猫を——このあたしを飼いたい、と思ってもらわないと。

毎回、数分ほど彼はここに滞在し、あたしをぎこちない手つきで撫でて、帰っていく。雰囲気的にはこの街に住んでいるっぽいのだが、それはまだわからない。

猫から見ても、彼は少し疲れているようだった。子供なのに。でも、猫をながめたり、あたしに触ったりすると、少し元気になって帰っていく。後ろ姿がしょんぼりしているようにも見えるのは、猫たちと別れたから？　それともあたしと別れたから？

そんなある日、また見知らぬ猫があたしの元へやってきた。白黒の牛柄の子だ。

「ミケさんに頼まれて来たよ」

それは魔法の言葉のようだった。よそ猫だと警戒していた他の猫の緊張がさっと解ける。猫は嘘はつかない。つく必要もないし、だいたい匂いでバレるから無駄なのだ。

「あの男の子の名前と住んでるところがわかったよ」

「ほんと？」

「瀬谷《せや》さんって高台の大きいおうちの子供でね、唯斗《ゆいと》くんっていうんだって」

「大きいってどのくらい？」

「知ってるー」

　昼寝をしていた虎猫が目を覚まして、そう言った。

「昔、そこらで飼われてたけど捨てられたソマリから聞いたよ。瀬谷さんって一番お金持ちの家なんだって」

　そういえば、あたしが子猫の頃もエサ場でソマリを見かけたっけ……。ソマリは、茶色いゴージャスな長い毛を持つ猫で、本当はペットショップでしか売っていない子なのだ。あの猫は、捨てられた子だったの？

「そうだね。けっこうお金持ちだと思う」

　牛柄の猫が言う。

　そうかー、その唯斗って子は、ソマリが似合うようなおうち（の近所）に住んでいるのか……。

　あたしはなんだかがっかりしてしまった。私立の小学校に通ってるんだから、ある程度いいおうちの子供なんだろうな、と思っていたはずなのに。

なんとなく期待していた。あの子はたまたまああいう学校に通ってるけど、おうちは普通のところで——あたしみたいな野良猫でも入り込めるようなおうちの子だって。

ダメかなあ、やっぱり……。もっと庶民的な人を狙った方がいいのだろうか。

観察を始めたら、優しい人、かわいがってくれる人はけっこういると気づいた。おそらくそういう人に拾ってもらっても、快適な生活は送れるだろう。

でも、なんだか唯斗以外の人はピンとこない。

「その捨てられたソマリって瀬谷さんちの子だったの？」

「ううん、違う。瀬谷さんちは動物は飼ってないって聞いたよ」

そう言って、虎猫はまた昼寝を始めた。あたしはちょっとほっとする。

ミケさんがまたやってきた。ほんとにマメな猫だ。

「もっと庶民的な人を選んだ方がいいんですかね？」

疑問をそのまま伝えてみる。

「お金持ちの人がペットショップで売ってる猫しか飼わないってわけじゃないよ」

「だって、そういう猫の方がゴージャスで、お金持ちの家に合いそうじゃないですか……」

あたしは少し卑屈になっていた。

「あたしはただの黒猫だし……ロシアンとかスコティーとかの方がかわいいし……短毛より、長毛の方がきれいだし……ノルウェージャンとかペルシャとか、ソマリとか――」

と言いかけて、はっと思い出す。ソマリって捨てられたんだっけ。いくら家に似合う猫でも、だからって捨てられないわけじゃない……。

捨てられた猫を、子猫の時からいろいろ見てきた。別にお金持ちだから捨てるわけじゃないし、むしろお金がないとあっさり捨てられてしまうこともある。もちろん、高いお金で買ったから捨てない、なんてこともない。責任感のない人間が猫を捨てるだけなのだ。

無駄なことに悩んでいたな、とあたしは思う。

「猫の強みは、犬ほど外見に差がないことだよ。高い猫も野良猫もみんなかわいい」

それが当然、という顔でミケさんは言う。あたしはそれに大いに同意する。

「雑種だからこそ面白い柄の子もいる。黒猫でかぎしっぽの君は、福猫って言われる部類だけど、ペットショップじゃ売ってない。それを誇りにしなきゃ」

そうだよね。猫に卑屈な考えは似合わない。

「でも、どうやったら飼ってもらえるか……」

あたしができるのは、唯斗が来た時に歓迎することぐらいだ。

「できることは少ないよね」

「ミケさんに手伝ってもらっても、無理な時は無理だと思います」

猫は無駄な期待はしない。

「そうだね。無理な時は無理だ。でも、わたしはその無理をなくそうとしてるんだよね」

ミケさんはいつも笑っているような顔を、さらにニーッとさせた。目が細い三日月みたいになって、すごく……優しそうなんだけど、人間っぽいというか——。

「ほんとに?」

ちょっと怖い、と感じるくらいの笑顔。

「まあ、なるべく、ってことだけど」

ちょっとホッとする。そんなガチガチな使命感とかあっても困る。だって逃げられなくなりそう。猫は、常に逃げ道を確保したい動物なのだ。

「とりあえず、その子が来た時は遊んでやればいいじゃない」

あたしはうなずく。できることはそれくらいだ。

その日、唯斗は、ネコジャラシを持ってやってきた。道端で引っこ抜いてきたものだろう。あたしは大喜びでそれにじゃれた。だって楽しい。噛むとぶちぶち千切《ちぎ》れるし。狩猟本能が満たされる。唯斗も振り回し方がどんどんうまくなっていく。とても楽しそうだ。けど、今日気づいた。きっと今までもそうだったんだろうけど、彼は時折スマホを見ていた。ながらスマホで猫じゃらしをするなんて！　と思ったが、どうも時間を気にしているみたいだった。

遊びを切り上げて立ち上がった時には、ため息もついていた。楽しそうな顔が、すごく曇る。

せっかく笑っていたのにもったいない。あたしは、

「もっと遊ぼうよ」

と誘ってみるが、それに応じることはない。いつもそうなんだけど、暗い顔でトボトボと歩いていく後ろ姿は、なんだか心配になる。

その日はほんとに唯斗が悲しそうな顔をしていたので、あたしはちょっとあとを尾《つ》けてみた。どうせあたしの縄張りから出ていくところまで、見送るだけだと思いながらも。

すると唯斗は、すぐ近くの角を曲がったところにあるビルの中へ入っていった。自転車がいっぱいある。ビルの中にはいろんな会社が入っているけど、どこに用があるのかな？

子供がドタドタ出てくるので、あたしはあわてて植え込みの下に隠れた。見つかっていじられたらたまらない。ほんと人間の子供って嫌い。唯斗は騒がしくないし、猫のことよく知ってるから別だけど。

しばらくして三階の窓から「おーっ！」みたいな大きな声が聞こえてきた。

「合格するぞー！」

「おーっ！」

って感じ？　なんだろう？　三階の看板を見たら、「塾」って書いてあった。

人間って、学校以外にも通って勉強するんだよね？　大変だなあ。あたしたちみたいにのんびり暮らす毎日じゃ満足しないんだもん。あたしは、ちゃんとごはんが食べられて、快適な温度のところで寝られれば充分。けど、野良だとそれだけなのに大変なんだよね。

あたしは今日、お腹がすいていた。あたしのことを嫌いな猫（あたしもその子のこと嫌いだけど）がエサ場にいて、近寄れなかったんだ。そいつがいなくなってから、残ってたちょっぴりのカリカリだけ食べた。全然足りない。

「全国一位になるぞー！」

「おー！」

塾から聞こえる声を聞きながら、人間はごはんを食べるだけじゃお腹いっぱいにはならないのかな、と思う。あそこまでして勉強するなんて。けど、勉強しないと人間は「出世」しないんだって？　あたしたちで言うところのおいしいカリカリが食べられるかどうかってこと？「おいしい」っていうのがポイントなんだろう。あたしはとりあえず、お腹いっぱい食べられればいい。おいしいかどうかは、今のところ二の次だ。

唯斗はなかなかビルから出てこない。もしかしてあの塾で授業ってやつを受けているのかな？

この植え込みで唯斗を待とうかどうしようか、迷う。ここら辺は縄張りの中だけれど、あまり近寄ったことがない。なぜかというと、子供が多いからだ。うるさいし、落ち着かない。何かくれたりもしないし。

そんなことを考えていたら、いつの間にかウトウトしていたらしい。子供たちの騒がしい声や足音を聞いて、目を覚ました。

ビル前に停《と》めてあった自転車に乗って、子供たちはどんどん帰っていく。親が迎えに来ている子もいるみたいだが、たいていは一人で帰っていく。

でも、唯斗の姿はなかった。おかしいな。あたしが寝ている間に帰っちゃったのかな。

おそるおそる植え込みから出ていくと、ちょうど唯斗がビルから出てくるところだった。うつむいて、なんだか暗い顔をしているようだった。

ニャーン

あたしは、つい声をかけてしまった。なんだか本当につらそうに見えたんだもん。

唯斗がはっとして顔を上げる。あたしはもう一度鳴いた。黒いから、わかりにくいと思って。

「あっ」

植え込みから顔を出しているあたしに気づいた。パッと顔が明るくなる。

「もしかして――クロ？」

適当な名前だな、と思ったが、そう呼ばれたのは初めてだった。

「どうしたの⁉」

そう言って駆け寄ってくる。それはこっちのセリフだよー。

「ここで待っててくれたの？」

頭を撫でながら、そう言う。うん、まあね、と思いながら、あたしは喉をゴロゴロ言わせた。その直後、

「こら！　野良猫になんか触るな！　汚い！」

大人の男の人のすごく大きな声が響いた。あたしはびっくりして、植え込みに逃げ込む。

誰っ⁉　誰の声⁉

唯斗はパッと立ち上がる。

「そんなことしてないで、早く家帰れ！」

おそるおそるのぞくと、ビルの入口のところに仁王立ちしている男の姿が見えた。唯斗が、わずかに後ずさる。

「……はい」

「ったく、だから成績上がんねえんだよ」

男は吐き捨てるように言って、階段を上がっていく。あの声——さっき三階の窓から聞こえた声だ。もしかして、塾の先生？　怖いな……。

「クロ、クロ——」

そのあと、唯斗は小さな声で呼びかけてくれたが、あたしは怖くて出ていくことができなかった。あきらめて帰っていく。

「バイバイ……」

そう言った声は、やっぱり悲しそうだった。

しばらく植え込みに身を潜めてから、あたしは猫だまりへ戻った。まだちょっとドキドキしている。

唯斗は、あの塾に通うのがいやなのかな。あたしも、あんなふうに怒鳴る人がいるところはいやだな。


「――ってことがあったんです」

あたしはミケさんに先日のことを話していた。

「ふーん。じゃあ、そこの塾のこと調べてみるよ」

塾のことなんか調べてどうするのかな、とあたしは首を傾《かし》げる。

「ミケさんなら、もう知ってるかと思いました」

「なんでも知ってるわけじゃないよ」

と笑った。怖くない笑みだった。目がなくなるとちょっと怖いんだな。

「あの塾が、五年くらい前にできたことは知ってたけど」

ほら、知ってるじゃん。すごい。

「厳しいところらしいね」

「なんでそんなこと知ってるんですか?」

「そこに通って有名中学に受かったたって子のいる家に飼われてる猫を知ってるだけだよ」

なんだかややこしい。猫が中学に受かったわけじゃないよね?

「その子は『受かったからよかったけど、もう二度と行きたくない』って言ってたってさ」

「ええー……」

あの男の人、なんか乱暴な言葉づかいだったし、ますます唯斗が心配になる。塾に行きたくないんじゃないかな……。

その日も唯斗は、あたしをモフってから塾へ行った。そして、あたしは塾の前で唯斗を待つ。

今日は唯斗は早めに出てきた。少し離れたところまで待って近づくと、やっぱりとても驚いた顔をした。

そしてあたしも驚く。だって唯斗は泣いていたのだ。

「どうしたの? どうして泣いてるの?」

そう言って近づくと、唯斗は路肩に座り、あたしを抱き上げた。うわあ、人間に抱っこされるの初めて！　突然のことで、あたしはちょっと身体が突っ張る。

でも唯斗は乱暴な手つきではなく、そっと抱き上げて膝に乗せただけだった。そして、しばらく目をこすりながら、静かに涙を流していた。

あたしはどうしたらいいのかわからず、ただじっと唯斗の顔をながめていた。「泣かないで」と言ったからって、唯斗が泣きやみたくならないと泣きやまないんだし……。どっちにしろ、あたしたちの言葉は「ニャー」としか聞こえないしね。

「どうしたらいいのかな……」

唯斗が言う。

「もう行きたくないよ……」

それってやっぱりあの塾？　そうたずねたところで、唯斗が答えるわけもない。

涙をごしごし手の甲で拭いて、唯斗は立ち上がった。

縄張りギリギリのところまで、あたしは唯斗を見送った。泣いていたから、そのまま帰ってしまうかな、と思ったけど、途中で振り向いた。そして、あたしが座って見送っているのを見つけてまたびっくりしたような顔をした。そのあとは、何度も何度も振り向く。

あたしは彼が角を曲がって見えなくなるまで、座っていた。

唯斗は土日を除く平日すべて、その塾へ通っているらしい。

いやなら、行かなければいいのに、と思うけれど、そうなると多分、ここにも来ないんだろうな、とあたしは思う。唯斗が塾に通わなかったら、会うこともなかったわけだし――ちょっと複雑な気分。

ある夜、塾で勉強をしている唯斗の様子を見てみようと思った。数日ビルを観察して、あそこからのぞけば人間には見つからないと見当をつけたところもある。

唯斗を見送ってから、その場所へ登り、塾の様子を窓からうかがう。

唯斗は教室の一番後ろに座っていた。教卓には先日の夜に見かけた怖い男が立っていた。

やっぱり先生なんだー。

「昨日のテストの成績を発表するぞー」

耳障りな声で、男は言う。点数とともに名前が呼ばれる。前に座っている子からどんどん立ち上がっていくので、もしかして成績順に座ってる？

唯斗、もしかして……ビリ？

あたしの予想どおり、

「ビリは瀬谷唯斗ー！」

そんなふうに呼ばれてしまう。

「お前はなんでそんなに成績が上がらないかなー？」

なんだかすごく意地悪な口調で、男は言う。

「無理だな、そんなんじゃ、合格は」

その言葉に、クラス中から笑い声があがる。

「なんでここに来てんのかなー、あーあ」

ええー……。どうしてこんな意地悪なこと言う塾に通ってるの？　学校と違って、すぐに替えることだってできるでしょ？　しかも、点数自体はその前の順位の子と一点しか違わない。ビリだってだけでみんなの前で責められるって、いじめじゃん。

でも、唯斗は何も言わず、うつむいているだけだった。

なんの反応もしない唯斗に飽きたのか、男は授業を始める。唯斗はノートを広げて、ちゃんと勉強しているようだった。偉い。偉いな。

あたしはなんだかムカムカしてたまらなかった。猫も強い子が弱い子をいじめる時はあるし、ムカつくからってケンカもする。でも、それにはちゃんとした理由がある。縄張り意識の強いオス猫たちの本能や、生き残る可能性の高い子が優遇されるのは、猫の社会では仕方のないことだ。もちろん気分で攻撃されることもあるけど、それってほんとに気分だから、いつもってわけじゃないし、あたしたちは逃げることを全然躊躇《ちゅうちょ》しない。それが普通のことだから。

もうー、人間って、だから嫌い。唯斗もこんなとこ来なくてもいいのにっ。

結局その夜も、唯斗は泣きながら帰っていった。あたしをモフっても涙は止まらなかった。

そのあと、珍しく夜遅くにミケさんがやってきた。あたしは盛大に愚痴を言いまくる。

「唯斗も、きっとやめたいって思ってるはずです！」

「そうだろうね」

同意してくれてほっとする。

「なんでやめないんだろう？」

「やめられない理由があるんじゃない？」

「ええーっ⁉」

それが人間の信じられないところだ。猫は、いやなことは絶対にやらないから。

「唯斗くん、親との間に問題がありそうだよね」

「なんでそんなことわかるんですか？」

「瀬谷さんちに行ってみたら、そんな気がしたの。だって、お父さんとお母さん、全然いないんだよ」

ミケさん、縄張りと関係ないのは知ってたけど、それにしても行動範囲広いなー。あたしはそっちの方に驚く。

「両親に話したくても話せないんじゃないかな」

「じゃあ、サボればいいのに」

我慢していやな思いしたって、何もいいことないよ。

「そうだよね。そう言ってあげれば？」

「えっ、あたしが⁉」

その発想に、驚く。

「どうやって⁉」

「一緒に遊んでって言えばいいじゃない」

そう言って、ミケさんはまたあの笑みを浮かべた。目が細い三日月みたいになるちょっと怖い笑み。

「そんなこと言ったって、言葉通じないんですよ⁉」

「通じなくたっていいんだよ。それにもちろん、君にその気がないならする必要もないけどね」

その気がないわけないじゃない！　だってあたし、唯斗はあの塾に行かない方がいいと思ってるから。あんな顔してあんな怖い人のところへ行く必要なんかないよっ。

あたしは次の日、ミケさんに言われたとおり、唯斗に、

「遊ぼう、塾に行くより、あたしと遊ぼう！」

と呼びかけた。足にまとわりつき、おでこをぶつけ、手をかじったりもしながら。

でも、唯斗は塾に行ってしまった。なんで⁉　すごく遊びたそうな顔をしていたのに。

塾になんか行きたくないみたいな顔をしていたのに！

憮然《ぶぜん》として彼を見送るあたしの背後から、

「あの塾ってさー」

と声がする。うわ、あたしのこと嫌いな茶白猫がいつの間にか後ろにいるっ。

「ていうか、あそこの塾長って、俺大嫌いなんだよね」

あたしに聞かせるというより、そっぽを向いて独り言のように言う。

「昔、蹴られたことあるし」

えええー、猫を蹴るなんて、やっぱりやな奴《やつ》なんだ。

「なんかー、通ってる子の親たちからは評判いいみたいなんだけど、それって自分の教え方で成績上がらない子供をやめさせて、合格率を下げないようにしてるからみたいなんだよなー」

あたしは、昨日教室で唯斗を囃《はや》していた子供たちの顔を思い出して、なんだかあの塾長と同類みたいに思えてきた。

「あんな塾、とっととやめた方がいいぜー」

誰にともなくそう言って、茶白猫はどこかへ行ってしまった。わざわざ言いに来てくれたのかな？

だけど、その情報を知ったところで、どうやって唯斗に伝えればいいのか。さっきだって、全然聞いてくれなかったし……。というかこれは、唯斗より、親に知らせないと意味がない。親がやめさせないって場合もあるし。

いつも家にいない唯斗の親が、果たして彼のことをちゃんと考えてくれるのか。

あるいは、唯斗が親にちゃんと自分の状況を訴えることができるかどうか。その前に「行かなきゃいけない」って思い込んでしまってるのかもしれない。でも、それはなぜ？

次の日も、あたしは唯斗に、

「あんな塾、やめた方がいいよ」

と訴え、塾をサボることをすすめたが、彼は聞いてくれなかった。そしてやっぱり、泣きながら帰っていく。次第にあたしを抱く手に力が入っていくのが、不安だった。

あたしは決心した。

「唯斗の家に行って、親に直談判《じかだんぱん》してくる」

と猫仲間たちに言う。

「えー、無理だよー。危ないよ」

しかし、仲間たちは反対する。

「だって、瀬谷さんちのある住宅街まで、遠いんだよ」

「でも、だいたいの道はわかるもん」

場所は町に地図があるから、それを見ればいい。

「だいたいね。けどあんた、ここら辺から離れたことないでしょ?」

そう言われると不安になる。

「近くまで行ったら、そこら辺にいる猫に場所教えてもらおう、とか考えてるでしょ?」

「う、うん」

「教えてくれないよ。よそ猫には冷たいって、あんただってわかってるはずだよ」

それなら、一人で家を見つけてみせる。唯斗の面倒を見られるのは、あたしだけなのだ。

「それでも行くもん」

そこまで言うと、猫たちは強くは止めない。頑固な猫は本当に頑固だと知っているから。

あたしは夜中に出発することにした。昼間はいなくても、夜なら親も帰っているかもしれないから。

だいたいの場所というより、方角はわかる。そこをひたすら目指すだけだ。なるべくまっすぐ。脇道にそれても、方角は間違えないから、大丈夫。

あたしは、月の光の中を、颯爽《さっそう》と歩きだした。

でも、いざ縄張りから出ようとしたら、あたしは足がすくんでしまった。なんだろう、見えない壁があるみたい。

出たい出たい、ここから出たい。唯斗の家に行きたい。でも、足が動かない。

唯斗の親に、「塾をやめさせてあげて」って言いにいこうと思ったのに。あんなに毎日泣いてるのに。

唯斗、今も家で泣いてるかもしれない。そばにいてあげたい。他の人間が泣いていても全然気にならないけど、唯斗はかわいそう。

でも、どうしても足が動かなかった。それが悲しくて、あたしも鳴いた。

そうやってひたすら鳴いていると、いつの間にかミケさんが現れた。あたしの前に優雅に座る。

「ミケさん……」

「聞いたよ。唯斗くんとこに行こうとしたんだって?」

浅はかなあたしの計画。縄張りから出るのがこんなに難しいなんて、思ってもみなかった。

「ミケさん、ここから出られないの。どうしたらいいの?」

月明かりに背後から照らされたミケさんの表情はよく見えなかった。

「君は本当に唯斗くんの家に行きたいって思ってるんだね」

「唯斗はいつも泣いてるから、そばにいてあげたいんです」

「わかったよ。じゃあ、わたしにまかせて」

そうミケさんが言うと同時に、あたしの身体は急に浮いた。あっ、人間の手だ！　誰かがあたしを後ろから持ち上げてる！

「ミケさん⁉」

嘘、そんな――誰⁉　唯斗じゃない。知らない大人の男の人の匂い……！

「まかせて」

ミケさんは持ち上げられているあたしを、静かに見つめて、そうくり返した。えっ、ほんとにまかせていいの⁉　だって――。

「キャリーのドア開けて」

知らないおじさんと女性の声がする。あたしは人間につかまったんだよ⁉

あたしはタオルにくるまれ、キャリーってやつに押し込まれた。どこかに連れていかれる！

あたし、もしかしてだまされた⁉

「唯斗、唯斗」

と鳴いたけれど、唯斗が助けにきてくれるわけがない。ミケさんもいつの間にか姿を消している。あたしはなんにも知らなかった。どうしてこうなったかわからないまま、あたしは鳴き続けながら、どこかへ連れていかれた。

着いたところは、どこだかわからないところだった。他にも猫がいる気配がする。でも、姿は見えない。別の部屋かな？

キャリーから檻《おり》みたいなところへ入れられた。すきを見て逃げようとしたけど、無理だった。

知らない匂いばかりで、怖い。けど、なんかあったかい毛布とかある。あこがれの毛布……。

それでもあたしは、とにかく怒りまくっていた。ところが、なんだかおいしそうな匂いの食べ物が出てきて、ついそれを食べてしまった。すごくおいしかった。

食べ終わってまた怒った。連れてきたおじさんとかミケさんに対して。ミケさんはいなかったけど。

でも鳴き疲れて、毛布に乗っかってみたら、とても眠くなってきた。毛布——これにくるまれて寝たら、どんな気分だろうって、いつも想像してた。

そしたら、いつの間にか朝になっていた。

昨日あたしをつかまえたおじさんが来て、檻の扉が開けられたのでまた逃げようとしたけど、やっぱり無理だった。そのかわりまたおいしいごはんが。

　あたしって食いしんぼうだったんだな。おいしそうなものがあると、しかもそれが自分にだけ出されてるってわかると、みんな食べてしまう。今までは遠慮していたというか、他の猫が怖かったんだ、とわかった。

　ここはあったかくて、他の猫もいなくて（見えなくて）、危険がないって思える。むりやり連れてこられたのに、あたしの勘でしかないけど、なぜかそう思える。昨日はあんなに怒ってたのに。

　ミケさんが「まかせて」って言っていたから、そう感じるだけかな？　ごはんをくれるおじさんは、まだちょっと怖いけど、もしかしていい人かもしれない。

　と朝は思っていたけど、お昼くらいになると「やっぱりやな人」となった。それは病院というところへ連れていかれたからだ。

　なんでまた知らない人に触られまくらなくてはならないの!?　変な匂いもする！　すごく怖い匂い！　しかも、ちくんってなんかされた！　痛い痛い！　あたしはわめき散らしたが、怖いから暴れて逃げることもできなかった。

「鳴くけどおとなしいねえ。じゃあ、お風呂にも入れてあげよう」

「先生」とか呼ばれてた人がそう言うと、あったかいお湯の中にあたしを浸《つ》けた。さらにビビったあたしは、ますます身体がすくんでしまう。

「気持ちいいねー、きれいになるよー」

気持ちいいとかそんなのはない。ぶるぶる震えているうちに、お湯から出され、タオルでがしがし拭かれて、熱い風をやたらめったら当てられる。なんか身体が変な匂いするよー……。

「健康状態もいいし、洗ったらとてもかわいくなりましたよ～」

と「先生」が言っている。そんなこと言われてても、うれしくない！

再びプンプン怒って戻ってきたら、なんだかすごくいい匂いがしてトロトロのものをくれた。

「お疲れさま。ごほうびにおやつあげるから」

何これ、カリカリより超おいしい。もっと食べたい、と思ったが、ちょっとしかくれなかった。ほんとにちょっと。お皿をじっと見つめてしまうくらい。

そのうちまた毛布にくるまってウトウトして、目が覚めたらもう夕方だった。

唯斗が来る時間だ！　あの猫だまりに帰らなくちゃ！

あたしはニャーニャー訴えた。でも、檻の扉は開かない。声がかれるかと思うくらい鳴いた。疲れて眠りそうになったけど、それでも鳴いた。

すると例のおじさんが、なんとミケさんと一緒に入ってきた。

「ミケさん！　ひどい！」

ひどいのかどうかわからないけど、知らないところに連れてこられたり、病院とかいうところで怖い目に遭《あ》ったことには一応文句を言う。

「大丈夫だよ」

ミケさんはあたしにさんざん文句を言われても、いつもと同じだった。

「わたしにまかせて」

そう言って、おじさんと出ていってしまった。おじさん、何しに来たんだろう……。ミケさんを案内してきただけ？　あたしが呼んでも出てこなかったくせにー！　ひどいー！

またあたしはニャーニャー鳴き続けたが、やっぱり誰も来ない。時間ばかりが過ぎていく。

唯斗どうしたんだろう？　と考えた。あんなに泣きながら塾に行っていたんだから、あたしがいなくなったら、塾に……あれ？　行けない？　あれ？

あたしは突然戸惑った。

それで行けなかったら、それはそれで唯斗にとっていいことじゃない？

あたしがいなかったら、唯斗は塾に行かなかったのかな？　抱っこできる猫がいるから、あのエサ場へ行って……あたしが抱っこさせてあげたから……塾に行っていたんだろうか。

あたしを抱っこすることで行く気力を振り絞っていたのだったら——あたしの存在ってなんなんだろう？

猫は、ストレスばかりのところになんて行かない。でも、人間って違うんだってね。がんばっちゃうんだって。

聞いたらすぐに忘れることも多いけど、猫はいろんな噂《うわさ》を知っている。野良猫や家猫からたくさん話を聞く。他の猫やごはんの話の次に多いのが、人間の話だ。

あたしは子猫の頃に会ったソマリから聞いた話を、突然思い出した。

そのソマリは、お年寄りの猫だった。虎猫が言っていた捨てられたソマリと同じかわかんないけど、その猫にも、前は飼い主がいたって聞いた。

「人間は、すごくがんばって苦境を切り抜けて、成長することもある。みんなそういう話は立派だって言う。でも、それを話せる人は生きてるからだよね。切り抜けられなくて死んでしまった人は、『そんなことやめろ』って言えないでしょ」

ああ、そういえば、その猫も前の飼い主に「会社を辞めな」って何度も訴えたって言ってたっけ。

でも、届かなかった。それでソマリは、野良になるしかなかったのだ。

あれから、そのソマリとは会っていない。今はどうしているんだろう？　新しいおうちができたかな？　それとも、お年寄りだったから、もしかして前の飼い主さんと会ってるかも。

あたしと唯斗は、もう会えないのかもしれない。きっと唯斗は、大きくなったあたしを見ても、気づかないだろう。たまに抱っこしただけの猫なんて、人間はすぐに忘れる。だって、猫はみんなかわいいから。どの子だってかわいいんだから。そんなこと、猫ならみんな知ってる。

あたしは、鳴くのをやめた。

唯斗を幸せにするのは、あたしじゃないのかもしれない。あたしを幸せにするのも、唯斗じゃないかもしれない。

そうだったとしても、最後くらい「さよなら」が言いたいな……。

そう思いながら、檻の中に座って、じっと部屋のドアを見ていたら、ドアノブが回った。

あれ？　もしかして――。

あたしの耳がピンと立つ。

入ってきたのは例のおじさんだったけれど、その後ろから男の子が入ってくる。

唯斗だ！　やっぱり！　すごい、お願い叶《かな》えてもらった！

「クロ！」

駆け込んできた唯斗が、あたしの檻の前に座り込む。

「クロ、よかったね――」

何がいいものか、こんなところに閉じ込められて、と思うが、唯斗がけっこううれしそうだし、会えたからまあいいか、とも思う。

でも、なんだか泣きそうな顔をしていた。塾の時とは違う泣き顔。悲しんでいるんじゃない。でも悲しいって思ってる顔。

こんな顔の唯斗は見たことがなかった。

「病院に連れていったけど、悪いところはないみたいだよ」

おじさんが言う。

「よかった……。ありがとうございます」

「ケージから出そうか？」

「ほんと⁉」

なんと！　出してもらえるの⁉

おじさんが扉を開けてくれたので、あたしは飛び出して、唯斗の足に突進した。すぐに抱き上げてくれる。

「クロ、びっくりしたよ――」

あたしもびっくりしたよ。あっ、唯斗、塾は？　どうしたの？　もう外は真っ暗だけど、終わってから来たの？　それとも、塾に行かなかったの？

「おうちに連絡して、迎えに来てもらおうね」

おじさんが唯斗に言う。

「あ、いえ、一人で帰ります」

「だったら送って行こうか？　もう暗いから」

「いえ、家には誰もいないので。いつも一人で塾から帰ってるから大丈夫です。近いし」

「えー、誰もいないの？　それじゃなおさら心配だよ。一応連絡だけするから、親御さんかおうちの電話番号教えて」

おじさんが言うと、唯斗はためらった。

「でも——それじゃ塾サボったことがバレちゃう……」

サボったんだ！　やった！

「怒られるのが怖い？」

「だって……理由が……」

「ああ、猫のことだっていうのも怒られる？」

唯斗は黙ってしまう。

「君は、塾よりも猫の方が大切だったんでしょ？」

唯斗はうなずいた。

「でも、塾に行かないと……怒られるし……」

「お父さんとお母さんに？」

「それだけじゃなくて——」

違うよ！　唯斗が来なくなるとあの塾長は喜ぶんだよ！

「あそこで泣いていたのは、いなくなった猫を思って？　それとも塾に行きたくなくて？」

唯斗はしばらく黙っていたが、やがて言った。

「両方……」

「やっぱり迎えに来てもらった方がいいよ。なんで泣いていたか、ちゃんと説明してみたら？」

「でも……聞いてもらえないかも……」

「おじさんも少し手伝ってあげるから」

唯斗はおじさんに、お母さんの電話番号を教えた。


そのあと、あたしは眠ってしまったようだった。目覚めると、唯斗はもういなかった。

朝、またごはんをもらった。ちょっぴり悲しくても、お腹はすく。カリカリおいしい。お腹いっぱい食べられる。誰からもいじめられない。まあ、檻にひとりで入ってるからなんだけど。

今朝のごはんを出してくれたのは、昨日のおじさんではなく、知らないおばさんだった。

「里親さんはすぐに見つかるから␣ね。安心してね」

と話しかけてくれる。
二、三日後に、あたしは他の猫がたくさんいる部屋へ移された。外のエサ場みたいなところだったらどうしよう、とドキドキしたが、そこはごはんを他の猫に取られることもなく、平和なところだった。

「相性の悪い子同士は、ちゃんと離してくれるからね」

そこで出会った猫たちが教えてくれる。ここは「猫シェルター」というもので、捨て猫や野良猫を保護して、飼い主を探すところなのだという。

「あんたはまだ子猫だから、すぐに見つかるよ」

大人の大きな猫が言う。

でも、そこは多分唯斗のところじゃない。

あたしが最初漠然と望んでいたところ――ちゃんとごはんが食べられて、雨に濡れなくて、快適な温度で寝られる――それともとてもよく似ているんだろうけれど、あたしが本当に行きたいところとは、多分違うんだ。

「どこでも、それなりに幸せだと思うよ。雨や雪に降られない場所と、カリカリ以上の何を望むのさ?」

そうだよね。それはわかってる。

猫は現実的な動物だ。だからって、悲しく思うことがないわけじゃない。

問題は、あたしがそれをいつ忘れられるかってことだ。あのソマリは、多分死ぬまで飼い主のことを忘れられなかったんだろう。それは、ずっと長い間、その人と一緒にいたからだ。

あたしは、別に唯斗に飼われていたわけじゃないから。一年たったら、きっと忘れているだろう。一年たったら、きっと新しい飼い主のことを好きになっているはず――。


一年後、あたしは自分の家の窓際でのんびり居眠りをしていた。

目を覚ますと、部屋はとても静かだった。誰もいないのかと思ったが、飼い主が机に座っていた。ちょうどよかった。今すぐ撫でてほしいから。

あたしはニャーニャー騒ぎ出した。

「あたしを撫でなさい！」

と訴えた。でも、なかなか来ない。ちょっと振り向いたが、立ち上がる気配はない。また鳴いた。今度はさっきよりも大きく。何度も何度も。

「はいはい……」

飼い主が、やっと立ち上がった。あたしは窓際から床に降り、どたんと横向きに倒れる。

「宿題してるのに、邪魔しないでよ」

飼い主は、文句をぶーぶー言いながら、あたしの背中を撫でる。ちょうどいい強さで、あたしはうっとりと目を閉じる。

すると、もういいと勘違いをした飼い主は、手を離す。

「だめ！　もっと撫でて、唯斗！」

そう言うと、唯斗はまた、

「はいはい」

と言って撫で続ける。


唯斗はあの夜から一ヶ月後、猫シェルターへまたやってきて、あたしを自分の家に連れ帰った。

その時、お母さんも一緒だったのだが、彼女はおじさんにこう言っていた。

「ここに唯斗を迎えに来た夜、猫と抱き合って泣きながら眠っているあの子を見たら、なんだか罪悪感が湧いてきて……」

一年間、ここの家にいてだんだんわかってきた。唯斗のお父さんとお母さんは、元々ある大学付属の小学校に息子を入れたかったんだけど、落ちてしまったのだ。中学は外部からも試験で入れるので、もう一度そこに挑戦させたい、だから、合格率のいいあの塾へ唯斗を入れた、ということだったらしい。

唯斗が入った私立小学校は、付属の中学校へ進学できる。そこのレベルは、入り直そうとしている中学とさほど変わらない。しかも友だちもみんな付属へ行くというのに学校を替えるなんて、本当は唯斗はいやだった。結局、親のこだわりを押しつけられた形だったが、いつも家にいない両親にそれを言いだせなかった。だから、塾には仕方なく行っていたが、やる気がないのでテストの点数は悪い（学校の成績はずっとよかったって）。それで塾ではいじめられて、やめたくてもやっぱり言えなくて――。

あの頃の唯斗は、そんなふうにいつも思い悩んでいたらしい。

猫が近くにいるから、という理由でなんとか塾に通っていたけれど、あたしがいなくなったことで張り詰めていた糸が切れてしまった。それで一人で大泣きしているところを、シェルターのおじさんに見つけられて、あたしのいるところへやってきたらしい。

おじさんを誘導したのは、ミケさんだ。あれ以来、窓越しでしか会っていないし、どうやったのかさっぱりわからないけれど。

あたしの窓越しのお礼にも、

「いいって思う人を自分でちゃんと見つけられたからだよ」

なんて飄々《ひょうひょう》と言ってた。

ミケさんは、今でも謎の猫だ。

唯斗は、結局中学受験はしなかった。高校は外部へ行くという。内部とか外部とか、あたしにはよくわかんないけど、なんか行きたいところがあるって言ってた。

あたしを飼って、ずっとちゃんと世話していることで、これもよくわかんないけど、自信がついたんだって。お父さんとお母さんは、今もあまり家にいないけど、ちゃんと話ができるようにはなったみたい。

唯斗は、やっぱりあたしが見込んだだけあって、とてもいい飼い主だった。あたしは、子猫の時に望んだ以上の生活ができている。あれ以上なんて全然望んでいなかったのに。

「わがままだよなー、クロは」

……名前のセンスはいまいちかもしれないが、唯斗がつけてくれた名前——最初から呼んでいた名前だから、あたしはそれで、とてもとても満足だった。

これが、ミケさんが言ってた「幸せ」ってことなのかもしれない。このかぎしっぽが、唯斗の幸せもひっかけてあげられていればいいな。

第三話　カフェ・キャットニップ

【ソマリ】

家猫として世界最古の品種といわれる「アビシニアン」の長毛種。長めの毛で一見わからないが、アビシニアン同様筋肉質でほっそりスリムな体型。野性的な性質ながら、飼い主さんには甘えん坊のコが多い。アビシニア（エチオピアの旧名）にちなんで名づけられたアビシニアンの近縁ということで、隣国ソマリアにちなんだ名がついた。

たつ美

朝、ウォーキングから帰って、夫の仏壇に手を合わせてから、野菜中心の朝食を作って食べる。食後は、大好きなコーヒーにたっぷりのミルクを入れて飲む。新聞もすみずみまで目を通す。

時間がたっぷりある高齢者の特権よね、と小島《こじま》たつ美《み》は思う。今日は何をしようかな。そうだ、庭と玄関先の花の手入れをしなくては。

たつ美が玄関先に出て、まずは掃き掃除をしていると、

ニャーン

突然、背後から猫の声がした。

振り返ると、門の外に白い部分の多い三毛猫がちょこんと姿勢正しく座っていた。ずいぶんとはっきりとした色の三毛だ。今時珍しいかも。

細いつり目は笑っているように見える。小さな顔、丸い身体《からだ》。見かけない子だった。首輪は——ない。野良猫だろうか。

「おいで、おいで」

と声をかけてみると、ゆっくりやってくる。里芋みたいな短いしっぽが見えた。しかし、足元までは来ないで、ちょっと離れたところで立ち止まる。やはり野良みたいだ。

「そうだ」

今朝、サラダ用に鶏ササミを茹《ゆ》でたのだ。味つけしていないから、猫にあげても大丈夫だろう。

たつ美は急いでササミを取りに戻った。戻るまでに猫はいなくなるんじゃないか、と思ったけれど、ちょこんと座って待っていてくれた。

キッチンペーパーの上に載せて出してあげると、猫ははぐはぐととてもおいしそうに食べた。そして、食べ終えたあとに手を伸ばしてみたら、指先にちょっとだけスリッとしてくれた。ほんとにちょっとだけ。

そのあと、猫は顔を洗って去っていく。

そんな日がしばらく続いた。

野良猫に餌付《えづ》けしてしまったようで、たつ美は少し罪悪感を持ち始めていた。でも、やってくるとササミをあげてしまう。ササミはたつ美の好物でもある。いつも家にあるのだ。だから、そのせいであげてしまう——と言い訳をする。

その日も、三毛猫はやってきた。ササミを用意して待っていたたつ美は、猫の身体に何かついているのに気づいた。

「どうしたの？」

ぼろぼろの新聞のようなものがまとわりついている。

「今、取ってあげるね」

藪《やぶ》の中などを歩いていて、ついてしまったんだろうか。不思議なことにいやがっている様子もない。

この猫の身体をこんなに触ったことないな、と思いながら、たつ美はその紙を取り除く。丸めて捨てようと思った時、

『保護猫カフェ』

という言葉が見えた。

広げて確かめてみると、それはたまに郵便受けに入っているタウン紙だった。ちゃんと読んだことがない、と気づく。


保護猫カフェ・キャットニップのマスター　中沼兆治《なかぬまちょうじ》さんへインタビュー

という記事だった。カフェは、同じ町内にあり、歩いていける距離にあった。

「へー、知らなかった」

猫カフェ、というものの存在は知っている。でも、保護猫のカフェとは——記事を読ん

でみると、野良猫や捨てられた猫を保護しているシェルターが運営しているらしい。里親を探している猫に触れ合ってもらって、実際に引き取ってもらったり、運営費用をカフェやグッズ購入で落としてもらったり、という意図で経営している、と書いてあった。

かわいい猫がいるだけのカフェじゃないんだ——たつ美は興味を持った。

「行ってみようかな……」

そうつぶやいて、周囲を見回す。誰も聞いていないけど。聞いているにしても、猫しか——って、猫ももういなかった。

記事を見てから、たつ美はずっと保護猫カフェのことが気になっていた。が、まだ行くまでには至っていない。

猫カフェなんて、もちろん行ったことがない。それどころか、一人で喫茶店に入ったことすら、ほとんどない。

たまにどうしても時間をつぶさないといけないとか、すごく喉が渇いている時などには入るけれど、緊張してすぐに出てきてしまうくらいだ。

しかし、友だちを誘うのもためらう。多分、一緒に行ってくれるだろうけれど、たつ美ほど興味を持ってはくれないだろう。もちろんつきあいというだけでも充分ありがたいのだが——なんというか、温度差が絶対にできると思うので、それが少し気恥ずかしいのだ。

一人で行くしかないのか……。この歳《とし》で、猫カフェ初体験。こんなおばあちゃんが一人で。

記事を読むと、そこは夢みたいな場所だった。猫をながめながら、モーニングやランチが食べられる。お茶を飲みながら、猫と触れ合える。

たつ美は猫が好きだが、自分で飼ったことはなかった。小さい頃、農家だった実家に猫がいたけれど、放し飼いだったし、幼かったから世話をした記憶もあまりない。子供らしい気まぐれでかわいがるものだから、よくひっかかれていた。

八歳年上の夫と結婚したあともアパート暮らしが長く、この一軒家を買ってからは犬好きの夫の希望でコーギー犬を飼った。子供がいなかったので、その子は二人の子供代わりになってくれたが、そのコーギーも老衰で亡くなり、その後に夫も亡くなった。

一人暮らしになって、何か動物を飼おうかとも考えた。犬は散歩が大変なので、飼うなら猫だろう、とは思ったが、その時でもう七十近かったから、犬でも猫でも看取《みと》ってやれないと気づき、残念だがあきらめた。

今でも、時折思い出す。子供の頃、ふとんに入ってきた猫と一緒に寝た記憶を。温かくて柔らかくて、ゴロゴロ言っている音を聞いているとすぐに眠れた。もう一度、そうやって眠りたい、と特に眠れない夜に思う。

猫カフェなら、一緒には眠れないだろうけれど、もしかしたら膝に乗ってゴロゴロ言ってくれるくらいはあるかもしれない。

思い切って行ってみようかな。ごはんを食べたり、お茶を飲んだりするだけでも、里親を求めている保護猫たちの足しになるんだもの。

たつ美の家から保護猫カフェ「キャットニップ」は十五分ほどのところにあった。ほとんど用もなく、普段行かない界隈《かいわい》だったが、距離的には散歩にちょうどいい。

けっこうおしゃれなたたずまいだったので、ちょっと気後れしてしまう。でも、別に時間つぶしで寄るんじゃないんだもの。ここに入りたくてやって来たんだから。

ドアに手をかけようとした時、注意書きが大きく貼られているのに気づく。

「猫部屋で猫と触れ合えるのは、午後の時間帯のみです」

え、そうなの？

「猫に過度のストレスを与えないためですので、ご了承ください」

……そういえば、昔たつ美が猫にひっかかれたのも、ひたすら撫《な》で回していたからだった。ストレスのたまった猫がお客さんを攻撃したら、どちらもかわいそうだ。

「午前中はモーニング、お昼はランチを営業しております。お食事などをしながら、猫部屋の猫たちをながめることができます」

え、食事をする場所と猫の部屋は別なの？

あとは料金に関してのことがいろいろ書いてあった。飲食とは別に、猫部屋へ入る料金も必要、とか。

注意書きを読むだけでは理解しきれない。やっぱり入ってみないと。

緊張しながら、ドアを開ける。

中は思ったとおり、なかなかおしゃれな空間だった。窓が大きくて明るいが、窓際はサンルームのように区切ってあって、人はいないみたい――あ、あそこが「猫部屋」なのか。今は人の入れない時間帯だ。けど、あ、猫がぴょんっとキャットタワーに登った！

たつ美は静かに興奮していた。が、

「いらっしゃいませー」

と声をかけられて我に返った。若い女性がにこにこ近寄ってくる。

「お一人様ですか？」

と訊《き》かれて、

「はい」

と返事をすると、ちょっとまた緊張が戻ってくる。

「猫部屋にはまだ入室できませんが、よろしいですか？」

「あ、はい」

今日はとりあえず、様子見だ。

「では、これをどうぞ。今お席にご案内しますね」

さっき外に貼られていた注意書きも記されているパンフレットを手渡された。よし、これを読んで、次は万全な準備をして来るのだ。

猫部屋がよく見える席へ案内された。ちょっとした気遣いがうれしい。

「ランチのメニューです」

あ、いろいろある。日替わりプレートランチは和食か洋食を選べて、パスタとかオムライス、丼ものもあった。食事のメニューはごく普通に見えるが、デザートは猫にこだわっているみたい。猫の顔型のパンケーキとか、肉球白玉あんみつとか。

ランチを食べたら、デザートは無理だな。飲み物だけにしよう。

「すみません、本日の和食プレートをください。食後にコーヒーを――」

「はい、かしこまりました」

店内を見回すと、スタッフは女性のみだった。あのインタビューされていた中沼さんってマスターは厨房《ちゅうぼう》にいるんだろうか。

食事が来るまでは、もちろん猫を見る。ガラス越しにのんびり過ごしている猫は、四匹ほどいた。子猫ではなく、少し大きな猫みたい。一匹はキャットタワーの上でしっぽをぴょこぴょこ振っており、一匹は窓際で熱心に外を見ている。

あとの二匹にたつ美は目を引かれた。

茶色い長毛で、どう見ても血統書付きという雰囲気の猫が、くっついてベッドの中で丸くなっていた。二匹ともそっくりだ。もしかしてきょうだいなのかな？　と思うくらい。しっぽが二本外に出ているが、どっちがどっちのだかわからない。手足もからまって、これもどちらのだかわからない。

その様子が、とても微笑《ほほえ》ましかった。初夏とはいえもう暑いのに、あんなにくっついているなんて、仲がいいというのがすごく伝わってくる。

そしてもう一つ、心惹《ひ》かれた理由があった。

長毛の猫の毛並みだ。手入れはされているとは感じた。ブラッシングもされているようだし、毛玉ができないようになのか、あるいは夏にそなえてなのか、毛もある程度カットされている。

そのカットが気になって仕方ない。わたしなら、もう少し上手にカットできるのに——。

実はたつ美は、元美容師なのだ。今でもたまに友だちの髪をカットしてあげたりもする。でも、猫のカットというかトリミングに関しては素人《しろうと》だ。

人間に対してなら商売としてお金を取る腕はまだあるつもりだが、猫や犬に対しては他の技術が必要かもしれない。言うことも聞いてくれないだろうし。

家で飼っている猫とかをちょちょっとカットしてあげたりってくらいなら、いいかもしれない。夏になったら、思い切って短く、でもかわいくカットしてあげたら、猫も喜ぶだろうか……。

そんな妄想をしている間に、ランチのプレートが運ばれてきた。早い、と思ったが、時間はそれなりに経過していた。あ、もしかしてわたし、この待っている時間が苦手だったのかも、と突然思った。今まで、本を読んだり雑誌を読んだりしても、そわそわしてしまって文字が頭に入ってこなかったのだ。

ここ、いいかも——しかも、料理がおいしそうじゃないの。

和食プレートのメインはサバの味噌煮《みそに》だった。小鉢は酢の物とひじき。お味噌汁はオクラとかぼちゃ。お漬物と果物がついている。ごはんも雑穀と白米を選べる（たつ美は白米にした）。味つけはとても上品で、特に味噌汁の出汁《だし》がおいしい。日替わりだから、毎日食べても飽きなさそうだ。量は女性にはちょうどいいだろう。男性は少ないかも——と思ったら、ごはんはおかわりできるらしい。

食べている間も、ちらちら猫を観察した。長毛の猫たちは、二匹で遊び始めた。なんだか遠慮しているのか、それともどんくさいのか、動作がゆっくりめなのがかわいらしい。

あー、なんだか楽しい。猫はやっぱりかわいい。見ていて本当に飽きない。

食後のコーヒーもおいしかった。たつ美好みの味だ。カップもかわいかった。猫の形をしているのだが、飲み物を注がないとわからない作りなのだ。

テーブルに運ばれてきた時、思わず、

「かわいい……」

とつぶやいたら、

「グッズコーナーにありますから、お帰りにぜひ寄っていってください」

すかさず言われた。商売上手だな。

レジ横のスペースには、様々な猫グッズが置かれていた。カフェ（というか猫シェルター）オリジナルのグッズや、さっきのカップとおそろいの食器セットや、猫を飼う時に必要なグッズやフード、カフェの名前でもあるキャットニップの鉢植えなどもある。そんな名前なのに、和名は「イヌハッカ」っていうのね。面白い。

たつ美はついカップを買ってしまった。色の濃い飲み物じゃないと猫が目立たない。コーヒーはもちろん、プーアル茶もいいかも。家に帰って使うのが楽しみだ。

もう一度、猫部屋をのぞき、茶色い二匹にこっそり手を振って、たつ美はカフェを出た。

今度は、猫と触れ合える時間に来よう。その時に、あの二匹はいるかな。ブラッシングとかさせてもらえるんだろうか？


次の日の朝、いつものように三毛猫がやってきた。

「昨日、生まれて初めて猫カフェに行ってきたの」

なんだかうれしくて、そんなことを話しかけてしまった。三毛猫は特に反応も見せず、黙々とササミを食べ続けている。

「今度は、猫と遊べる時間に行ってみるよ」

ふーん、という顔で三毛猫はたつ美を見て、さっさと去っていった。

猫カフェの話題はお気に召さなかったかしら――と思いつつ、いつもあんな調子だな、とたつ美は苦笑した。

さっそくその日の午後、猫部屋へ入れる時間帯に行ってみた。平日だったからすぐに入れたけれど、なんと週末や休日だと待たないといけない場合もあるのだそうだ。

しかしその日は、あの二匹はいなかった。いつも同じ猫がいるわけではないらしい。

それでも楽しかった。子猫ばかりだったので、猫じゃらしで遊んであげたら、とても喜ぶ。部屋の中を縦横無尽に駆け回る猫の運動神経ってすごい。

猫と遊び、猫をながめている間に一時間が過ぎた。すぐ帰る気にならなくて、カフェの方でお茶を飲むことにする。猫部屋でも飲んだけれど、フリードリンクってあまり慣れない……。

カフェの席に座って注文したお茶を待っていると、見憶《みおぼ》えのある男性が運んできてくれた。タウン紙に載っていた人だ。中沼さん。

「あの……タウン紙読んで来たんです」

思い切って話しかけてみる。

「あっ、ありがとうございます！」

すごく喜んでくれた。

「実は、そんなに反応がなくて――ネットに紹介された時の方が、反響があったものですから」

そう言われて、ちょっと申し訳なく思った。あの猫がくっつけてこなかったら、たつ美も見なかったから。郵便受けに入っていたのは憶えていたのに。

「タウン紙を見て来てくれた人もいたと思いますけど、話しかけられたのは初めてです。うれしいなあ！」

すごく喜んでくれた。

「わ、わたしも猫カフェって初めて来てみたんですけど、楽しいですね」

「ありがとうございます」

「ここはいつ開店したんですか？」

「三年前です」

　こうして、中沼とよくしゃべるようになった。自分の方が少し年上だが、一応同年代だ。店の常連もお年寄りが多い。

　メニューのレシピは中沼が自ら考えたと言う。彼は元々大手外食企業で商品開発をやっていて、調理師の免許も持っている。定年退職したあと、ずっとボランティアとして関わっていた猫シェルター〝キャットニップ〟で働くことになり、カフェのマスターとして、立地探しやレシピ開発まで手がけた。夕方までの営業だが、おいしい食事とコーヒーが評判を呼び、近所の人に愛される店になったという。もちろん、猫好きの人がメインではあるのだが。

「今まで全然猫を飼ったことのない近所の人がここに通って、子猫を引き取ってくれた時はうれしかったです」

　中沼自身も猫好きで、今でも保護した野良猫を家で預かって世話したりしているらしい。これはボランティアだが、ご家族も皆猫好きなので、協力してくれている。

「それってどういう猫を預かってらっしゃるんですか？」

　里親に出すまで短期間預かるとか、そういうのだったらわたしにもできるかも――ほぼ毎日猫を見ていたら、我ながら感化されやすいとは思うのだが、徐々にそんな気分になってきたのだ。

「世話が必要な病気の子とか、ちょっと気難しい子とかですね。あんまり人馴《ひとな》れしない子だと、結局うちやスタッフの家で飼ったりすることになりますが」

……難易度の高い猫ということか。それでは猫を飼った経験もなく、一人暮らしのわたしでは無理だ。

たつ美は、そっとため息をついた。

毎日のように猫を見に来ているのだが、やはり一番気になるのは、仲のいい茶色い長毛猫二匹だ。

「お気に入りの子とかいますか？」

と中沼にたずねられ、その二匹のことを言うと、彼はちょっとうれしそうだった。

「あの二匹は、きょうだいみたいに仲がいいんですけど、実はきょうだいじゃないんですよ」

――「実は姉妹なんです」って言うのかしら、と思ったが、

「別々に引き取られてきた女の子たちなんです。両方とも十歳を超えているみたいだから、人間の歳でいえば還暦くらいでしょうかね？」

そんなにお歳なの？　猫の年齢はわからない。

「ここに来たのが偶然同時期だったせいなのか、姉妹のように仲良くなって、ずっとああやってくっついてるんですよね」

今も、互いに毛づくろいを熱心にやっている。

「野良なんですか？　立派な毛並みですけど……」

「ソマリって品種ですね。アビシニアンって短毛の猫がいるんですけど、その長毛種です」

よくわからなくて目をパチクリしていると、中沼は「猫の品種」という小冊子を持ってきてくれた。

「どうぞ。差し上げますよ」

「あ、ありがとうございます」

広げて「ソマリ」と「アビシニアン」の項目を見る。茶色い猫といっても、この二種の毛並みには上品な陰影がある。アビシニアンは、体型がとても優美だった。「フォーリン」と分類される猫の体型なのだそうだ。シャム猫と似ているようだが実は違うんだ、へえ――。

ソマリは、そのアビシニアンを長毛にした品種なのね。長い毛の下には、こんな優美な身体が隠れているのか。

「あの子は捨てられたらしいんですよね」

たつ美ははっと顔を上げる。中沼が指さしているのは、目の形がキリッとしていて、瞳の色が鮮やかな緑の子だ。「コロン」という名だそう。

「どこかのお金持ちの家で飼われていたらしいんですけど、家族が夜逃げをして置いていかれたんです」

「まあ、ひどい……。もう片方も捨てられた子なんですか?」

もう一匹は、目と目の間が少し離れていて、瞳も明るい黄色の、ちょっとほんわかした顔つきの子だ。名前は「チーズ」。ぱっと見はとても似ているが、二匹の顔や目は全然違う。

「あの子は飼い主さんが亡くなってしまって……引き取り手がいなくてうちに来た子なんです。でも保護しようとした時、逃げられてしまって、ちょっとだけ外で生活していたんですよね。かわいそうなことをしました」

胸に刺さるような事情だった。捨てられた子ももちろんかわいそうだけど……やっぱり、ペットを飼うことを躊躇《ちゅうちょ》してしまう。

「飼い主の方は、お年寄りだったんですか?」

訊かなくていいことを、つい訊いてしまう。自分への戒めかもしれない。安易に動物を飼ってはいけない、と納得するため?

しかし、返ってきたのはもっとつらい答えだった。

「くわしくは知らないんですが、若い人だったみたいですね」

たつ美は言葉も出なかった。病気？　事故？　まさか……。

それ以上はとてもたずねる勇気がなかった。

猫にもいろいろ事情がある。彼女たちは、自分を捨てた飼い主、自分を残して先に逝ってしまった飼い主をどう思っているのだろう。捨てたような飼い主でも会いたいと思っているのか、大切な人の死を乗り越えているのか……。

愛犬が死んだ時は夫と一緒だったから、悲しみも分け合えた気がした。でも、夫が死んで一人になった時、たつ美はその大きすぎる悲しみを抱え切れずに何年も苦しんだ。立ち直ったのは、本当に最近なのだ。苦しんでいた頃の自分とソマリたちが重なり、涙が出た。猫なんだから、こんなわたしとは全然違うはずだろうけど……それでも……。

猫部屋にいると、最近、チーズが寄ってきてくれるようになった。こっちが気に入っている、というのがわかるんだろうか。

たまに膝にも乗ってくれる。ゴロゴロ言って眠ってしまうこともある。

しかしコロンは、ちょっと離れたところからそれをじっと見ている。なんだか監視されているみたい。「あんたのこと、チーズは気を許してるみたいだけど、あたしは慎重に見極めるからね」みたいに。それがまたおかしかった。

膝に乗って実感したが、メスでも身体がけっこう大きく、体重も重い。もし飼うとしても、一匹が限界かも。長毛種だから、毎日ちゃんと毛並みを手入れしなくてはならないし、高齢だから病気にもなりやすいだろう。

わたしが、もっと若かったら……。

でもきっと、もっと若かったら子猫に目を奪われていたかもしれない。長く一緒にいられる子を選んで、高齢の二匹には目もくれなかったかもしれない。

それを思うと、切ない。このカフェに通うようになって、何匹か猫が引き取られていった報告を猫部屋やショップコーナーで目にしたが、みんな子猫だった。子猫を欲しがる人の方が圧倒的に多いのだ。

引き取られていく子猫たちを見て、あのソマリたちはどう思っているんだろうか。すでに仕事も引退し、隠居生活をしている自分が、時折なんとなく取り残されたような、申し訳ないような気分になることと、似ているんだろうか……。

「どうしたらいいんだろうね」

たつ美は、今日もササミ目当てでやってきた三毛猫に相談をしてしまう。答えは返ってこないことは承知で。

「引き取るにしても一匹が限度かもしれない。でも、二匹を引き離したくない」

体重の重いソマリを病院へ連れていく時のことを考えると不安になる。猫の本や雑誌を読んで調べたのだが、猫は老齢になると自分で毛並みの手入れをするのが困難になるそうだ。長毛の子はさらに毛玉ができやすくなるから、マメにケアをしてあげないといけない。毛玉を放置しておくと、皮膚がひっぱられて痛みを感じたり、皮膚炎になったりすることもあるらしい。

「近くに協力してくれる親戚とか友だちがいればいいんだけど――」

親戚は遠方だし、友だちならすぐに来てくれるかもしれないが、何度も頼ってしまったらいやがられるかもしれない。年齢も自分と同じくらいだから、あまり負担をかけたくない。

頼れる人があまりいない、ということを今さらながら実感して、それにも落ち込んでいた。猫たちを引き取ったら、彼女たちにはたつ美しか頼れる人間がいなくなるのに。

自分の存在がとてもちっぽけに思えて、少し落ち込んでいた。

ニャーン

三毛猫が鋭く鳴いた。慰めてくれているのかしら。

「お前に相談しても、仕方ないのにね」

頭を撫でると、ゴロゴロ言いながら去っていった。

あの三毛猫はいくつくらいなんだろう。子猫ではないと思う。年寄り――のような気もするが、それにしてはきれいだ。

ソマリたちだって、お年寄りとはいえ、けっこうきれいだ。わたしだったらどんなお手入れをしてあげるか、とつい想像してしまう。

——あの二匹が家にいることを考えたあと、寂しくなってしまうのがつらかった。だって多分、わたしは猫を飼うことはできない。あの子たちを引き離すこともできない。

とりあえずできることといえば、キャットニップに足繁《しげ》く通うことくらいだ。


ところが最近、コロンがカフェに出てこなくなった。

数日前から食欲が衰え、少し元気がないという。その話を聞かされて、たつ美は思いのほか動揺した。

「獣医さんに診《み》てもらってますから、大丈夫ですよ」

と言われても、安心できなかった。夫や愛犬が入院した時のことを、つい思い出してしまう。

カフェにいる間はなんとかこらえたが、店を出たとたんに涙が出そうになる。

何もできない自分が不甲斐《ふがい》ない……。どうしたらいいのかわからない。わたしが泣いたからって、どうにもならない。

具合が悪いと聞かされただけでこんなに動揺するなんて、やっぱりわたしはペットを飼うべきではないんだ、と思う。シェルターのスタッフの人たちがしっかり看病してくれて、自分の手など借りなくてもまったく大丈夫なはず。

うちに引き取っても、具合は悪くなったかも。だったら、ここにいた方がよかったのだ。

そう自分に言い聞かせて、涙を必死に我慢する。そのせいか、思うように歩けず、店の前のベンチに座り込んでしまう。

その時、

ニャーン

聞き憶えのある鳴き声がした。顔を上げると、あの三毛猫がすぐそばに立っていた。

こんなところで見かけるとは……。うちの地区から十五分も離れたところで会うなんて。

もしかして、別の猫？　でも、あんなはっきりした三毛、間違えようもない。笑っているような個性的な顔も。

ニャーン

三毛猫は、もう一度鋭く鳴く。すると、店のドアが開いた。

「ミケさん？」

中沼が出てきた。

「どうしたの？　子猫連れてきたの？　——あれ、小島さん、どうされました？」

「……すみません……」

なんとかこらえているけれど、ひどい顔をしているはず。たつ美はあわてる。

「大丈夫ですか？」

中沼が、ベンチの隣に座った。

「だ、大丈夫です……」

「顔色が悪いですよ。お身体の具合でも悪いんですか？」

そう訊かれて、またコロンのことを思い出してしまった。涙が一粒、ポロリとこぼれた。

ニャーン
三毛猫がまた鳴いた。

「何かお悩みでもあるんですか？　お話聞きますよ」

キャットニップの人たちは、みんないい人ばかりだ。猫だけでなく、わたしのような人間も気にかけてくれる。ずっと言いたかったことを言いたい。これが悩みってことなんだろうか。でも、どう言えばいいのかわからない。

ニャーン！

三毛猫を見ると、なんだかむっつりとした顔だ。「じれったいなあ」みたいに見えた。そんなはずないけど、そう見えた。「早く言いたいこと言えば？」と言っているみたいにも。

「ミケさんもどうしたの？」

中沼が言う。どうも三毛猫は、彼とも知り合いだったらしい。もしかしてわたしと彼を会わせるために、この猫は……いや、そんなこと、あるはずない。でも……。

「あの……コロンは……？」

「コロンですか？　調子は少しよくなってきましたよ」

それはよかった。

「あの……二匹のソマリ……わたし、ずっと考えてたことがあって……」

「なんでしょう？」

「わたしがもうちょっと若くて……体力があったのなら、二匹とも引き取ってやれたのにって……」

うんうんと中沼が聞いてくれている。

「もし引き取ってあげられるにしても、一匹が限界だと思うんです。あの子たち、けっこう重いし……病院に行く時とかを考えたら……」

結局こう言わなくちゃならないのに、どうしてわたしは話を続けているんだろう。何度も何度も自分の中でくり返してきたことを。

「でも、二匹を引き離すのがかわいそうで……」

一匹なら引き取れる。そう考えたことで、たつ美にまだ距離を置いているコロンが病気になってしまったのではないか、と感じてしまったのだ。そんなはずはない。わかってる。

でも、いろいろ迷い続けて疲れていたたつ美は、力不足の自分を責めたのだ。

「小島さん、二匹を引き取りたいと思ってたんですか？」

「そうです……」

猫を飼ったことのない自分には無理だろうけど。

「それ、考えてみませんか？」

「え？」

意外なことを言われた。

「二匹をいきなりっていうのは、確かに大変だと思ってしまうでしょう」

「わたし、猫飼ったことないんですよ」

「誰だって、生まれつき猫を飼ったことのある人はいませんよ」

そうだけど……。

「ちょっと事務所の方でお話ししませんか？」

中沼は、たつ美をカフェの二階にある事務所へ案内した。

いい香りの日本茶をいれてくれた。

「どうぞ。落ち着きますよ」

言われたとおり一口飲む。そんなに熱くない。でも、温かさは全身に広がっていく――

そう思いながら、たつ美はお茶を飲んだ。涙も止まる。

「実は、ずっと考えていたことがありまして」

それを見計らったように、中沼が話を切り出した。

「子猫は割とすぐに引き取り手が見つかるけど、高齢の猫を引き取ってくれる人はなかなかいないんですよね」

「……なんでしょう？」

こういう話は胸にこたえる。また涙が出そうになる。

「それで、考えていたことというのはですね、そういう高齢の猫を、お年寄りの家に引き取っていただくということなんです。

もちろん一人暮らしでもかまいません。むしろそういう人の生活にこそ、猫は張り合いや笑いを与えてくれるはずです」

「それは……わたしでも猫が飼えるってことですか？」

「そうです」

たつ美は、心がパッと明るくなったような気がした。

「飼ったことがなくても、うちのスタッフがフォローします。必要に応じて連絡していただいてもいいですし、定期的に猫を見に行ってもいいですよ」

「ほんとに？ でも、本当は面接とかが必要なんでしょう？」

里親になる流れというのは、カフェに通ううちにスタッフから聞いていた。

「いくつか書類を交わしたりはする予定ですけれど、ずっとカフェに通って、猫たちへの接し方も見てましたから、小島さんなら大丈夫だと、僕は思っています」

「……ありがとうございます。あっ、あの、二匹ともってことですよね？　チーズとコロンを一緒に――」

「もちろんですよ。でも、コロンの具合がよくなってからでないと、お渡しできませんが」

「あの、コロンはどんな具合なんですか？」

重大な病気なんだろうか。それでも面倒は見るつもりだけど――。

「ああ、ええ、この間、ちょっとカリカリを盗み食いしちゃったんです。食べ過ぎで下痢が続いていたんですが、そろそろ大丈夫そうですよ」

それを聞いて、ちょっとほっとした。もっと深刻なことかと思っていたのだ。

「それから、これもまた大切なことなのですが――」

「はい」

たつ美は姿勢を正した。

「飼い始めてやはり無理と思ったら、うちでまた引き取りますから、すぐに言ってください」

「はい」

今回のようには悩まない。猫たちの命がかかっているもの。

「こんな話をするのは早いかもしれませんが、小島さん自身が猫を飼えなくなることもあるかもしれません」

「……はい」

「その時も、猫たちはうちで引き取ります」

猫との夢のような生活だけじゃない。猫も自分も高齢であるという当たり前の現実を認識する。

「一人で抱え込まないで。猫のことじゃなくても、相談してください」

中沼の言葉は重かったが、同時に、気持ちがすごく楽になった。頼れるところがあると思うだけで、人は安心できる。

事務所を出て、ほっとため息をついた。ずっと長い間抱えていた荷物を下ろした気分だった。

でもこれからは、あの二匹を抱え込むことになる。女の子のくせに重いあの猫たちを。

しかし、心は軽い。なんだかわくわくする。あの子たちがどう思っているのかが一抹の不安であるが、我慢をしてもらうしかない。大切にするから。

ふと視線を感じて振り向くと、三毛猫が座ってこっちを見ていた。中沼は、この猫のことをこう呼んでいたっけ。
「ミケさん？」
名前、あったんだ……。もしかして野良猫じゃない？
三毛猫は、なんだか満足げな顔をしていた。ササミをもらったあとみたいな。
ニャーン
そうひと声鳴くと、ゆっくりと回れ右をし、歩き去っていった。
その次の日から、三毛猫はうちに来なくなった。

チーズとコロンを引き取るまで、数週間かかった。

たつ美は、猫用のトイレや猫ハウスやベッドを購入して、家に設置した。キャットタワーは迷ったが、元々持っていた階段型のチェストを窓際に置いてあげた。これなら外が見える。

猫のフードや砂などは、猫シェルターの通販で買える。首輪もキャットニップオリジナルのものを買った。

夫の仏壇と愛犬の写真にも、「猫を二匹飼うことになりました」と報告した。心なしか遺影の夫の顔が、ほっとしているように見えた。

初めて二匹が家にやってきた日は、猫よりもたつ美の方が緊張していた。猫たちもしばらく猫ハウスの中でぎゅうぎゅう寄り添って出てこなかったが、やがて家の中を偵察しまくり、やっと安心したのか、ごはんを食べて、トイレも粗相なく済ませてくれた。

次の日には猫カフェでよく見るおばあさんだと認識してくれたらしく、いつものように甘えてくれるようになった。

まだふとんには入ってこないけれど、寒くなったら入ってくるかな、と期待している。

二匹の長い毛は、まだ残暑が残っているので手入れしやすい長さにカットした。猫用として使えそうな古いハサミを引っ張り出したのだ。身体は短めに、顔はある程度長い方がかわいいから、イメージを損ねないように、でも比較的短く。チーズとコロンで、ちょっとカットも変えてみた。幸い暴れることもなく、おとなしくしていてくれた。

爪も最初はぎこちなかったが、すぐにうまく切れるようになった。タオルで毛並みを拭いたり、ブラッシングをしたりするとますますかわいさに磨きがかかる。猫バカまっしぐらだな、と我ながら思う。

二匹とも、とても飼いやすいいい子だった。仕草も鳴き声もかわいらしいし、頭もいい。高齢というだけで引き取ってもらえない、というのは残念だ。

あれからもたつ美はカフェに通っている。三毛猫が来なくなってから、モーニングを食べる機会も増えた。それから、たまにボランティアで長毛猫のトリミングもしている。本物のトリマーさんと比べたら手際は今一つだが、けっこううまくカットできていると思っている。これでここの猫たちが少しでも「かわいい」と言われて、貰《もら》い手が出てくるといいな。
　今はまだこちらがここに訪ねるような形だが、たつ美が来なくなったらきっと心配して
猫シェルターの人がやってきてくれるだろう。多分中沼は、猫だけでなく、そういう高齢
者支援も含めて考えていたに違いない。
　猫と暮らすことは、漠然と想像していた「猫に癒やされる」といったものとは違ってい
た。猫はかわいいけれど、手間がかかるしわがままだし、とても図々しい。でも同時に、
とても温かな同居人なのだ。猫たちが寂しさをだいぶ取り除いてくれたことも確かだが、
それは癒やしというより、支えだった。猫も自分も、お互い様なのだ。

　そんな中、中沼からあの三毛猫のことを聞いた。
　あの三毛猫――通称〝ミケさん〟は、彼がまだ勤め人だった頃、保護猫活動を始めた時
にはもう大人の猫だったという。
　実に面倒見がいい猫で、新入りに優しく、ケンカも強く、乱暴な猫を効率的に追い払え
る頭の良さもあった。ボス猫的な立場というより、一匹《いっぴき》狼《おおかみ》的な孤高感を漂わせている猫
だった。
「不思議な猫だなって思ってたら、ある日、オスの三毛猫だって気づいたんですよ」

「えっ⁉」

オスの三毛猫はとても珍しいことくらい、たつ美でも知っている。

中沼は、貴重な猫を売りさばこうとする悪い人間にさらわれては大変、と思い、ボランティア仲間と相談して保護しようと試みたが、ミケさんはなかなかつかまらない。怒ったりはしないのだが、いざつかまえようとするとするりと逃げる。何人かで手分けしたりもしたが、さほど暴れるようなこともなく、いつの間にかいなくなってしまう。無理につかまえて怪我《けが》をさせては、という人間の気持ちを巧みに読んでいるとしか思えない態度だった――と中沼は楽しそうに話す。

「そのあとも、いなくなったかと思って心配してると、いつの間にか飄々《ひょうひょう》と現れるんですよ。歳がいくつかもわからないし、とても健康そうではあるんですが」

猫の歳を外見から察するのは難しい。

「そのうち、猫シェルターの前に子猫を置いていったり、猫が捨てられている場所に連れてってくれるようになったんです」

「まあ」

賢いんだ。

「単なる偶然なのかもしれないんですが、あいつには明確な意志があるように思えてならないんですよね」

「明確な意志」なんて言葉は猫にはあまり似合わなそうだが、猫には猫なりのこだわりや頑固な部分がある、と一緒に暮らしてみて思う。

それにあの朝、家の前に現れたミケさんがいなかったら、たつ美は二匹のソマリを引き取ることはなかった。ミケさんが、泣いている自分を「後押し」してくれなかったら、中沼に話をすることもなかった。

まるで、ミケさんの計画にまんまとたつ美が乗せられたように。

でもそれは、人間の印象でしかない。猫には猫の事情もあるだろう。人間からすれば「かわいそうな猫を保護する」という美談的な状況だが、猫としてはもっと単純で明確な理由があるのかも。

「ミケさんがしゃべれれば、いいのに」

たつ美が心から言う。なんであんなことしたの？　それを訊いてみたい。

「僕もそう思います。『メシ』『撫でろ』くらいでもいいから、言葉を言わないかなって。けど……何もわからないから、こっちは『かわいい』って言ってられるのかもしれませんよね」

思わず笑ってしまう。それも一理ある。

わかっているのは、「ミケさんは不思議な猫」ということだけ。でも、他のたくさんの野良猫と同じに、事故にも遭わず、ひもじくもなく、暑くも寒くもなく、安心して眠れるように、と祈ってしまう。強欲な人間にもつかまりませんように。

いつかまた、会えますように。

第四話　猫は行方不明

【茶トラ白】

茶（オレンジ）の地色に、少し濃い茶（オレンジ）の縞模様が入るのが〈茶トラ〉。〈茶トラ白〉は、顔の半分くらいとおなか、足の下のほうが白い。この茶トラや茶トラ白のなかでも、茶トラ模様部分の色が淡いと、クリームと呼ばれる。洋猫に多い毛色で、一部では「食パン」などと呼ばれている!?

瑠衣子

ある日の夕方、十《と》倉《くら》瑠《る》衣《い》子《こ》は、いつものぞきに来る猫だまりを見て、「食パンがいない」と思った。

「食パン」とは、瑠衣子お気に入りの猫のことだ。白地に淡い焦げ模様、野良のくせに人なつこくて、すぐゴロンゴロンお腹《なか》を見せる、声のか細い子が、いない。ここら辺に住み始めた頃にはもう成猫だったが、おそらくまだ若いと思われる。

猫がたまり場からいなくなることは、珍しいことではない。瑠衣子が面倒を見ているわけではないし、頭数を把握しているわけでもない。

でも、なぜかいやな予感がする。本当にただの勘なのだが。

大学生の瑠衣子は、町の猫だまりを回ることが趣味だ。小学六年生の時まで実家で飼っていたから、猫は大好き。今はペット禁止のアパート暮らしなので、こうして猫のいるところを散歩するのが日課なのだ。

「おかしい……」

もう一度猫だまりを見ても、いつもの日なたに食パンはいない。すると、

ニャーン

声がした。まるで、「そうだね」と同意されたみたいに。

誰が鳴いているのか、とキョロキョロしていたら、また声がした。

ニャーン

しかも今度は足元から。

下を見ると、三毛猫がちょこんと座って、こっちを見上げていた。あら、かわいい。と思ったら、おでこを瑠衣子の足にすりつけた。ごんっ、という勢いで。力強い。

「よしよし、見かけない子だね」

こぶしを差し出すと、くんくん嗅いでそれにもすりっとする。人なつこい子のようだ。頭を撫《な》でるとゴロゴロ言いだした。でも、首輪はない。今時珍しいはっきりした三毛猫で、とてもきれいだけれど、野良猫だろうか。

「どこの子？」

迷子かもしれない。座って本格的にモフっても、いやがらない。身体《からだ》は丸っこく、顔は細いつり目が笑っているよう。実にかわいい。

三毛猫は突然ひょこっと起き上がり、歩きだした。後ろ姿を見送っていると、突然振り向き「ニャッ」と鳴く。

何？

首を傾《かし》げて瑠衣子が見ていると、また「ニャッ」と鳴いた。

もしかして……「ついてこい」って言ってる?

いやいや、そんなファンタジーなこと、とてもあるとは思えないのだが。

それでも、猫はじっと瑠衣子を見ている。その目がだんだん怖くなる。「モフらせてやったんだから、こっちの言うことを聞け」ってことですか……?

まあ、ヒマだし……ちょっとついていってみるか。多分何もないんだろうけど。

瑠衣子が歩きだすと、猫もまた歩きだした。なんかこういう映画があったな、と思い出す。

しかし、追いかけるために獣道《けものみち》みたいなところを通ったりするような冒険らしいものはなく、猫はただひたすら普通に道路を歩く。たまに振り向いて瑠衣子がいるか確認はするが、足は止めない。

ずいぶん楽だな。猫を追いかける醍醐味《だいごみ》がないじゃないか、とか勝手なことを思っていると、ある家の前に立ち止まって、ちょこんと座った。

「何?」

塀に囲まれた家だった。大きいけど、古い家らしい。門構えからの推測だけれど。庭もあるみたい。

ここら辺で庭があるってことはなかなかのお金持ちかもしれないが、ちょっと見渡した印象では、土地自体はそれほど広くはない。家も見える限りでは古い木造家屋だ。

小奇麗なマンションばかりの周りと比べると、庭の手入れもされていないようだし、塀や門の汚れも目立つ。まさか誰も住んでないとか？　いや、そんなことはないだろう。そこまでボロボロじゃない。

猫はここの飼い猫なんだろうか？　家に着いたから、ここでささやかな冒険は終わった。いや、「冒険」ってレベルではなかったけれども。瑠衣子はただ道を歩いただけだ。

三毛猫は、門の前に座ったまま動かなかった。瑠衣子はそれをしばらく、ぼーっとながめる。

猫は何をしたいんだろう。このままずっと座ってるのかしら。あたしはどうすれば？　もう帰っていいの？

と思った時、猫が見つめているものに気づいた。門だ。まさかこれは――ここを開けろ、と言っている？

ええー、それは……できかねる。お店とかならいいけど、人の家の玄関はなあ。たとえ門でも。いやいや、できないでしょ？

ためらっていると思われたのか、猫がこっちを向いて、「ニャッ」と鳴いた。明らかに「開けろ」と言っている――ように聞こえる。

「ここはあなたのおうちなの？」

思わず訊《き》いてしまう。答えの代わりにやっぱり「ニャー」。それは肯定なの？　否定なの？

「知らないおうちの門は開けられないよー」

別に本当に「開けろ」と言われたわけじゃないのに、律儀に返事をする自分に気づいて、瑠衣子は苦笑する。

仮にこの猫がここの飼い猫というのなら、開けてもいいの……かも？　いやいや、だからそれを頼まれたかどうかはわからないんだって！

とはいえ、どうしてこの猫は、瑠衣子をここに案内したのだろう。案内——いや、それもありえないことなのだが、この状況はそうとしか思えない。

一応表札くらい見ておこうかな、と瑠衣子は思った。「村田」とある。とりあえず、知り合いにはいない名字だ。

三毛猫がまた「ニャー」と何か訴えかけるように鳴く。でも瑠衣子は門を開けることはなく、その場から離れた。そろそろバイトの時間が近づいてきたからだ。

「ごめんね」

そう言って、猫に手を振ると、なんだか不満そうな顔をしてにらまれた。猫ってけっこう表情ある。しかも、割とこっちの想像どおりのこと思っているって聞いたことがある。ほんとかな？

だからなのか、その後のバイト中もずっと、三毛猫の不満そうな顔が瑠衣子の頭を巡る。

あの猫はほんと、何が言いたかったんだろうか。

……いや、猫だから、別に言いたいことなんかなかったと思う。もっと遊んであげたりとか、何かおやつがほしいとか、そういうことだったんだろう。うちにいた猫は、そうだった。

そう自分を納得させたのだが、結局帰宅途中、気になってあの家の前を通ってしまった。

夜になったらわかったけど、この通りは街灯が少ない。家の前が暗くて、ちょっと怖い。

二階の窓から灯りが漏れていた。あ、ちゃんと人は住んでいるんだね。

こんな暗いところに立っているのも怪しいので、瑠衣子はそそくさと離れた。明るい道に出て、ちょっとほっとする。

なんでこんな寄り道なんてしてしまったのか。なんであの家への道を憶《おぼ》えているのか。方向音痴でない自分が恨めしい。三毛猫についていったわけでもないのに。

ちょっと遠回りをして家に帰ることになったので、近所にはないコンビニへ寄ることにする。そう、ここでしか買えないスイーツを買うために来たの。そういうことにしとこう。

玉子感たっぷりの固めプリンと白玉入り抹茶ババロアをカゴに入れて、他に何か買っておくものはないかとうろうろしていると、

「村田さん」

と呼びかける声がして、「えっ」と思う。

レジの方に目を向けると、店員がおばあさんに話しかけていた。二人はレジ横にある機械の前に立っている。

「はい、これで発券完了です」

店員にレシートみたいなのを渡されて、おばあさんはレジでお金を払う。

「ありがとうございます……。使い方がよくわからなくて」

「いいんですよ」

「孫が自分でやれればいいんですけど……」

「ご病気か何かで出られないんですか？」

「いえ、まあ……そうですね……」

おばあさんはごにょごにょそう言うと、コンビニを出ていった。瑠衣子も急いで会計を済ませ、コンビニをあとにする。おばあさんはゆっくり歩いていたので、すぐに見つかった。予想どおり、あの「村田」という表札の家へ近づいていく。

その時、気づいた。門の前に、猫が座っている。昼間の猫に似ている。三毛猫みたいだけど――おばあさんに開けてもらうのを待っているのかな？

おばあさんは、門の前に来ると、猫にちらりと目をくれたようだった。だが、猫を入れないようにするためなのか、細く門を開け、窮屈そうに自分だけ入っていった。

猫はそのあとについていくこともなく、あっさり去っていってしまった。え？　あの猫は、ここの猫じゃなかったの？

そう思ってよく見ると、塀の下には猫なら通れそうな隙間があった。別に開けなくても入れるじゃん！

え、じゃあ、なんなの？　あの猫は、何が言いたくて、あたしをここに連れてきたの？

アパートに帰ってからも、気になって仕方なかった。

いや、別に気にする必要なんてないはずだ。猫は気まぐれにあそこにいて、あたしが勝手にいろいろ考えているだけ。そして、何か具体的な疑問が浮かぶわけじゃない。

うーん……ミステリーとかなら、きっとここで「はっ！」と気づくんだろうけど。頭の回らない自分がとっても残念。

このモヤモヤも寝れば忘れるかなー、と思って早めにベッドに入ったのだけれど、朝になっても全然忘れられない。どうしたらいいのかわからなかったので、とりあえずいつもと同じように行動した。

つまり、大学からの帰りに、猫だまりへ行ったのだ。これをやめる選択肢はどこにもない。

そして、また猫がいなくなった、と気づいた。お気に入りの子猫がいない。変な模様のぶち猫が。白黒柄の親猫ときょうだい猫はいるのに……。

生き物だし、移動はするし——とは思うのだが……あー、あたし昨日、ここでいやな予感がするって思ったんだっけ。

ニャーン
鳴き声に振り向くと、三毛猫がいた。例のやつだ。またついてこいみたいな素振りをする。

「ええー、またあの家ー？」

思わずそうつぶやくと、ギロリとにらまれる。鋭い目なので怖い。なんでそんな目を向けられる——と、なんか悲しい。

仕方なくついていくと、やはりあの家だ。昨日のように門前に座る。

「もー、これじゃあたしが怪しい人になっちゃうよ」

と言ったとたん、何かがガシャーン！　と割れるような音がした。

「えっ、何？」

そのあと、怒鳴るような大声が、例の家から連続して聞こえてきた。何!?　なんて言ってるの？　怒鳴ってるのが男か女かも判別できない。一人で怒鳴ってるの？　それとも誰かに対して？

「うわうわうわ」

あわてて後ずさって、道路を渡る。そこまで離れても、怒鳴り声は聞こえた。怖い。猫はまだ門の前にいた。特に動じた様子もなく、あくびまでしている。普通の猫だと、逃げてしまいそうな音だけど、平気なのか、あの子は。すごいな。

そのうち、三毛猫はなぜか周囲をうろうろし始めた。家からの怒鳴り声は続く。

歩道には街路樹があって、その根本にちょっとした植え込みがあるのだが、猫はその根本をふんふんと嗅ぎ回り、ついには身を低くして入り込んでしまった。何してんの？ やっぱり怒鳴り声がいやなんだろうか。怖くて隠れた？

あたしも帰ろうかな、と瑠衣子が歩きだそうとした時、三毛猫が何かをくわえて植え込みから出てきた。そして、まっすぐこっちへやってくる。

「何？」

瑠衣子の言葉に反応したように、猫はくわえていたものをポトリと落とした。封筒だ。コンビニの名前が印刷してあるけど――あ、あれか、コンビニで買ったチケットなんかを入れる封筒だ。

これは……これを拾って中身を改めろってこと？

封筒だけだったら、猫からのプレゼントとしてありがたくいただき、あとで捨てればいいけれど、中に何か大切なものが入ってたら、どうすれば……。あ、警察に落とし物として届ければいいのか？

猫はきちんと座って、こっちをじーっと見つめている。というより、やはりにらんでいる。「開けないと承知しないぞ」と言われているみたい。

「わかったよ……」

まあ多分、ただのゴミだろうしな——と思って中を開けると、チケットが一枚入っていた。ええー、警察に届けなくちゃじゃないか——。

そういえば、最近はチケットにも名前が書いてある場合があるけど、これはどうなんだろう、と取り出して見てみたが、そういうのではなかった。知らないアーティストのコンサートチケットだったが、それはあまり落とし主の手がかりにならない……。

その時、ひらりと何かが落ちた。すーっと風に乗って飛んでいくのを、猫がはしっと前足でとらえる。

「レシートか」

いや、これだってなんの参考にもならないだろう。交番に行かないといけないかなあ——。

ニャーン！

猫が突然鋭く鳴いて、瑠衣子はびくっとしてしまう。追い打ちをかけるように、もう一度鳴いた。これもちゃんと見ろよ、と言うように。

いや、そう言われているように思ってるのは自分だけなのだが——なんかこの子、怖いというか厳しいので、拾ってちゃんと見ることにする。普通のレシートだよ。カード使って払ったわけでもないやつで――。

「あれ？」

支払いをした日付と時間――これって、昨日の夜、あのおばあさんが買い物をしていた時刻ではないか？

瑠衣子は、自分の財布の中に入れっ放しになっているレシートを取り出した。ほぼ直後の時刻が書いてある。そりゃそうだ、同じレジで次に打ってもらったんだもん。担当もレジ番号も一緒だ。

しかもあの時の店内には、瑠衣子とおばあさんしかいなかったはず。

え、これって……あのおばあさんの落とし物なの？　どう考えてもそうだよね？　推理力とかないあたしにもわかる。何か落としていたかまでは見えなかったけど。

例の家ではまだ怒鳴り声がしている。少しトーンダウンというか間隔があいているようだが、これは静かになってる時に誰かが話しているってことなのかな？

ニャーン

家に向かって、三毛猫があごをしゃくったように見えた。何それ。このチケットを持ってってやれよ、みたいな。あんたが見つけたものなんだから、あんたが持ってけばいいでしょ！

と思ったからって、猫が持っていけるはずもない。

もしかしてあの怒鳴り声はこのチケットに関係あるんじゃないかと思えてきた。孫がどうこうと言っていたから、このチケットはお孫さんに頼まれたものなんじゃないか……。

そして、怒鳴っているのはお孫さんではないか？　聞いてるうちに、女の人の声のように思えてきたけれど、確信は持てない。

どうする？　届ける？

瑠衣子はチケットをもう一度確認する。日にちはまだだいぶ先だ。それにちょっとほっとする――何も解決してないけど！

警察に届けたら、絶対誰のものかわからず、チケットの日にちが過ぎてただの紙切れになる。コンビニに届ける、という手もあるが、それでも多分結果は同じ。村田というおばあさんが買ったことを店員が憶えていても、取りに来るのを待つくらいしかできないだろう。

一個一個可能性をつぶしたら、自分が届けるしかない、ということに気づく。猫が、やっとわかったか、という顔で見上げている。いや、そう見えるだけ。

うわー、まだ怒鳴ってるよ、どうしよう――と思いつつ、怒鳴られてるのがあのおばあさんだったら、と思うとかわいそうになってくる。

しょうがない。腹をくくって、門をくぐり、玄関へ向かう。門から玄関までの距離からして、やはりなかなかのお屋敷ではないか。でも、庭は暗くて見えない。玄関の上の灯りが小さくて、まるで豆電球みたいだった。家の古さが際立つように感じる。

玄関にはインターホンがあった。モニターとかはなさそうだけど。

チャイムを押そうとした時、ひときわ大きな怒鳴り声が響き渡り、瑠衣子は固まってしまう。

やっぱ帰ろうかな。

と思って振り向くと、なんとあの猫が！　門のところからにらんでいる！　さらに「ニャーン」とか鳴いてる！　早くしろって⁉　なんであいつ、あたしに厳しいの⁉

仕方なくチャイムを鳴らす。家の中で音が響くのが聞こえる。

出てこないかもしれない。出てこないのなら、帰れるなあ――という期待に反し、ドタバタと音がしてから、玄関のガラス戸の向こうに人の影が現れた。

「どちらさまですか？」

おばあさんの声だが、コンビニで聞いた声と同じかは判断できない。

「あ、えーと――」

名乗るかどうしようか、と迷った時、気づいた。チケットの封筒を郵便受けに入れとけばよかったと。だって、今日必要なものじゃないんだから！

なんで今頃気づくの⁉　マヌケすぎない⁉　バカじゃないの⁉

自分を罵倒しながら、まだ玄関が開いていないから間に合うと思う。

「え、あの、ここのおうちの落とし物かなと思いまして、ポストに入れておきますね」

と言いながら玄関脇のポストに入れ、ダッシュで帰ろうとする。

すると、あのおばあさんとは思えない素早さで戸が開いた。

「待って！」

声にもけっこう張りがある。

「いや、いいです」

と瑠衣子が門から出ようとすると、

「あっ、チケット！」

聞いたことのない声が聞こえて、思わず振り返ってしまう。ジャージ姿で長い髪の女の人？　が、郵便受けから封筒を出していた。

「あったじゃん！」

女の人だ。声は。多分。しかも若い。もしかしてはたちの瑠衣子より若いかも。いや、わかんないけど。

「この人が拾ってくださったのよ、お礼言いなさい！」

おばあさんが言う。いや、それはもういいです。拾ったのもあたしじゃなくて猫です！

しかしこっちがそう言うまでもなく、その女の人はおばあさんを押しのけ、勢い良く家の中へ駆け込んでいってしまった。

「りおちゃん！」

おばあさんが叫ぶが、返事はなく、ドタドタと階段を昇る足音に続いて、バンッと何か叩《たた》きつける音が聞こえる。するとあたりは、しんと静かになった。ここら辺ってこんなに静かだったのか、と実感する。

「……ごめんなさいね」

おばあさんは瑠衣子に近寄り、申し訳なさそうに頭を下げる。

「あ、いえ、あたしも突然訪ねてしまいまして、失礼しました」

もー、ほんとに郵便受けに入れればよかった、と後悔する。要領悪い自分にイライラしてしまう。

「でもよかった……。せっかく買ってきたのに、なくしてしまったと思ったから……」

それで怒鳴られてたんですか？　とはとても訊けなかった。

「お礼がしたいから、お名前と連絡先を――」

「あ、いえ、そんな、いいです、通りすがりですし！」

後ずさる。門に近づく。

「そんなことおっしゃらずに――」

とおばあさんは言うが、その時、

ミー

と高い猫の声が聞こえた。

「え？」

周囲をキョロキョロ見回すと、瑠衣子の足元に子猫がいた。

「あれ？」

暗いからよくわからないけど、この子は――この変な模様は、猫だまりからいなくなった子猫ではないだろうか？

「あら、どこから入ってきたの？　門が開いてるからかしら？」

おばあさんが言う。

「あっ、じゃああたし閉めときますね。それじゃ！」

そう言って猫を抱え、さっと門の外へ出た。そのまま走って屋敷の角を曲がって、ようやく少し落ち着く。手の中で子猫が暴れている。

「ごめんごめん」

地面に置いてやると、少しびっくりしてどこぞへ飛びだしそうになったが、

ニャーン！

いつの間にかやってきた三毛猫が鋭く鳴くと、子猫はビクッと身体の動きを止めた。三毛猫はとことこと近づいて、子猫の首をガッとくわえ、そのまま走りだした。

「えー、何ー?」

瑠衣子が呼んでも振り返らない。あっという間に見えなくなった。

「行っちゃった……。あの子猫をどうするつもり?」

もう追いかけることもできないので、子猫の無事を祈るしかない。大丈夫そうに思えるけど、それはこっちの勝手な想像だ。

三毛猫は結局、いなくなった子猫を連れ戻すというか——もしかして親猫に頼まれて探していたとか、そういうことだったの? それとも、父親? いや、三毛猫だからオスはほとんどいないんだよね。ということはメス? 性別なんて確かめようと思ってなかったから——けどメスだとしたら、子猫の母親は白黒柄だったし、やっぱり頼まれたのかなっていうのも想像でしかない。子猫はあの家の庭に迷い込んでいたんだろうか。三毛猫が見つけて追いかけたりして、瑠衣子の足元によちよちやってきたのかな?

庭には入るのも出るのも、隙間があるからできるだろうけど、子猫はずっとあの庭で迷って出られなかったんだろうか?

しかも三毛猫は、別に探す素振りはしてなくて、まるで門のところから子猫が出てくるのを待っていたような……ずっと見てたわけじゃないからわかんないけど。

「あー、なんなの⁉」

もうこんな時間。帰らなきゃ。今日はすっごく疲れた……。しばらくこのお屋敷の近くには近寄らないようにしよう。

しかし次の日、いつものように猫だまりへ行くと、猫の親子が消えていた。昨日、あのお屋敷から逃げ出したとおぼしき子猫の家族が……なぜ？　なんだかちょっと――ショックだった。

昨日、寝る前にまた考えてしまった。どうして自分が巻き込まれたのか、ということを。もしかしてあの子猫は、村田家のおばあさんかあの女の人に拾われたのかもしれない。あ、でもおばあさんは知らないみたいだった。女の人は娘？　それとも孫？　コンビニでは孫の話をしていたから孫かな。

拾ったとしても、子猫はかなりよちよちしていた。親から引き離すのはまだ早い。だからあの三毛猫が、子猫を取り戻すために瑠衣子を利用したのだ――と一応結論づけた。それはなぜか？

……人手が欲しかった――ってこと？　なんだ、人手って。瑠衣子じゃないとできなかったことは何？　チケット届けたこと？

とはいえ、誰も答えを教えてはくれないので、まあとにかく、子猫がお母さんのところへ戻ってきて、また家族仲良く暮らすのはよいことだ――と思い、安らかに昨夜は眠ったのだ。

なのに、猫の家族自体がいなくなってしまうなんて。

もしかして、またあのお屋敷に連れていかれた？　今度は家族ともども？

あたし、いったいどうすればいいの⁉

猫が拾われたってことなら、あともう一匹、あの家にいるかもしれない。白地に淡い焦げ模様の子――食パン。地域猫らしく、耳がカットされていたけれど、あの子は……。

三毛猫はあれから姿を見せない。あの子猫のことしか頼まれてなかったんだろうか。食パンはどうでもよかったの？

とはいえ、屋敷に近寄る勇気はない。どちらにしても瑠衣子の通り道ではないし……。

でも、食パンが気になる。昔飼っていた猫と、声が似てた。甘える仕草もそっくりだった。

食パンがいなくなって、よくわかった。瑠衣子は、寂しかったのだ。もちろん一人暮らしや大学生活は大変だが楽しい。しかしやはりホームシック気味だったみたい。食パンと遊ぶと、小さい頃の猫との思い出が甦《よみがえ》った。そして、「今実家に帰っても、猫はいない」と自分に言い聞かせる。本当は寂しくて帰りたいのに、「こっちに猫がいるから、大丈夫」と思えたのだ。

食パンが瑠衣子にとって、大きな支えになっていたんだ、とわかった。

そのせいもあってか、もう近寄らないって決めたはずなのに、村田家近くのコンビニへ、バイト帰りによく寄るようになっていた。屋敷には行きたくない、でも食パンがいるかもしれない。また、三毛猫のミッションにつきあわされるかもしれない。食パンが戻ってくるかも――そんな葛藤《かっとう》を抱えて。

あのコンビニにしか売っていない抹茶ババロアもおいしい。行くたびに買っていたら、すっかりハマってしまったのだ。なんのために通っているのか、自分でもよくわからなくなってきた。

その夜も、コンビニに寄ってしまった。しかし、ババロアは売り切れていた。ため息をついて帰ろうとしたら、

「あら、あなた」

と声がかかる。振り向くと、村田家のおばあさんがいた。近所とはいえ、もう出くわすこともないだろう、と思っていたのだが。

「あの時はどうもありがとうございました」

そう言って頭を深々と下げられる。

「いえいえ、何もしてません。頭上げてください」

「お礼をずっとお伝えしたくて……」

「そんなのいいですから」

相変わらずお客の少ないコンビニで押し問答をする。

「本当にありがとうございました」

何度目かのお礼だが、これで納得するかな？

「——ぜひうちに寄って、お茶でも飲んでらして」

納得しなかったー。

「そんなことできません……」

だって、あの女の人がいるんでしょ？　やっぱり気まずいっていうか、怖いっていうか……。

「お茶菓子も何もなくて、今買ったものしか出せませんけど」

と言っておばあさんはビニール袋の中を見せる。なんと抹茶ババロアが四個も入っていた。買い占めたのはあんたかーっ。

結局、ついてきてしまった……。

「孫は今、寝てますから」

という忖度《そんたく》をされてしまったし。あ、あの女の人はお孫さんだそうだ。

やはり食パンのことが気になったというのもある。庭にいるのかもしれない。この間の子猫みたいに、ひょっこり出てこないかな。

「孫は、二階からほとんど降りてこないんですよ」

玄関を開ける時、おばあさんが言う。その声は少し力がない。

「そうなんですか」

この家に何人で住んでいるのか知らないが、家の中はやはりしんと静まり返っていた。広いけど、もしかして二人暮らし？

おばあさんも寂しいのかもしれない――。

「お茶菓子より、お夕飯はいかが？　ババロアは食後に食べればいいわ」

「そんな、悪いです……」

「孫はごはんを一緒に食べてくれないから……」

そう言われると、なかなか断れない。実家にも祖母がいるのだ。どうしても重なるではないか。祖母が一人でぽつんと食事だなんて、想像したくない。

「わかりました……」

おばあさんはいそいそと用意を始め、ほどなく食卓におかずが並んだ。魚の煮つけ、根菜とさつま揚げの煮物、青菜のしらす和え、豆腐とわかめの味噌汁《みそしる》――。素晴らしく手際がよかった。瑠衣子も手伝ったけれど、微々たるものだった。

どれも野菜たっぷりで味つけも優しく、ごはんもふっくらしていておいしい。はっきり言ってありがたかった。あんまり料理得意じゃないし、だからって毎食外食なんて贅沢《ぜいたく》はできない。

食べ終わってお茶をいれてもらい、抹茶ババロアをデザートに食べ始めると、今度はおばあさんの長い話が始まった。

「孫の莉緒《りお》は実は、浪人生なんですけど、勉強してるのかしてないのかわからなくて。予備校にも、いつの間にか行かなくなっていて――」

というような。つまりは愚痴だ。言える人がいないのか、あるいは親しい人にはなおさら言いにくいのか――それでも、誰かに聞いてもらいたくてたまらないという顔だった。通りすがりみたいな瑠衣子の方が話しやすいのかもしれない。でも、いいのか？　こんな個人情報を……。

それにしても浪人生か……。高校は今年卒業したそうなので、やはり自分より若かった。ジャージと顔がほとんど隠れる髪型では、よくわからなかったけれど。

この家に、前は莉緒の父母とおばあさんとおじいさん――つまり親子三世代で暮らしていたのだが、莉緒が高校生の時に母親と祖父が病気で相次いで亡くなってしまい、父親が地方に単身赴任してしまったので、今は二人で暮らしているという。

「勝手に通販？　でいろいろ買うし、コンビニで何か受け取って来いと言うし、行ったら行ったでよくわからない機械を使わなくちゃならなくて――」

あの時は、それでコンビニの店員に手伝ってもらっていたんだ。

「部屋に入ろうとするだけですごく怒って大声出すんで、もう二階にもずっと行ってないんです」

「食事は？」

「夜中に起きだして、何か食べてるみたいですけど」

浪人生活というより、ひきこもりだな。

「本当は頭いい子なんですよ。高校は進学校だし、テストではいつも上位にいたし」

と言ったきり、おばあさんはうつむいた。おそらく、母と祖父の死から莉緒は立ち直っていないのだ。それがなければ、無事に受験も乗り切って、今はきっと元気に大学へ通っていたんだろう。

おばあさんは、途方に暮れた顔をしていた。多分、彼女も数年の間の環境の激変についていけていない。瑠衣子はまだ身内のお葬式にすら出たことがないので、想像するしかないのだけれど。

「あっ、辛気《しんき》臭くてごめんなさいね。あなたに聞かせる話じゃなかったわね。ごめんなさい、お礼を言うはずだったのに……」

「いえ、いいんです」

とつい言ってしまう。これが間違いだった——かもしれない。でも、邪険な返事なんてできるわけがなかろう？

その夜の帰りに漬物とかおすそわけの果物までもらってしまい、漬物のタッパーを返すためとか、実家から届いたものをお礼に持っていったり——とくり返していたら、瑠衣子はしょっちゅう村田家へお邪魔するようになってしまった。たいていおばあさん——名前は房子《ふさこ》——の夕飯をごちそうになりに。

おそらく房子は、莉緒としたかった生活を瑠衣子としているつもりなのだ。と言っても、一緒にごはんを食べたり、お菓子を食べたり、テレビを見たり——という他愛ないもの。たまに帰ってくる孫をもてなしているつもりなんだろう。

莉緒は相変わらず予備校にも行かず、二階から降りてこないという。声をかけても返事をせず、昼間は一切外に出ないらしい（夜中はわからない）。

莉緒とは一度も顔を合わさなかった。二階に人の気配がする時はあったが、たいていは本当に寝ているのか、声も何も聞こえない。猫の声もしない。食パンは、ここではなくどこか別のところへ行ってしまったんだろうか……。

しかし、村田家にお邪魔して房子の話を聞いているうちに、瑠衣子は莉緒のことも気になり始めていた。瑠衣子には、妹はいないが中学生の弟がいるのだ。あの弟の半分でも元気ならば、とつい考えてしまう。莉緒を説得するなりなんなりして、彼女の状況を変えられるような度量が自分にあれば……。

その夜も房子からカレーを持たされ、遠慮したいけどついありがたく思ってしまう懐《ふところ》事情に情けなさを感じながら、村田家を辞した。

「ごめんなさいね、いつもあなたに甘えて」

と房子は言うが、それはこっちの方だ、と瑠衣子は思う。お返しをしたくても、その方法もわからない。今一つ想像力のない自分が、ほんと歯がゆいのだ。

そんなことを考えながらとぼとぼ歩いていると、
ニャーン
しばらく聞いていなかった声が聞こえた。立ち止まって目をこらすと、前方にあの三毛猫が座っていた。

ニャーン　ニャーン
まるで宙に向かって何かを訴えるように、猫は何度も鳴いた。

「どうしたの？」

おそるおそる近寄り、たずねてみたが、もちろん返事はない。こちらも見ずに、ただひたすら鳴いていた。なんか寂しい。もうあたしには用無しってことですか？

ムッとして立ち去ろうとした時、背後から誰かが駆けてくる気配がした。振り向くと同時に、声がする。

「ちょっと！」

ジャージ姿に振り乱した長い髪。莉緒だ。多分。一度しか姿は見ていないのだが、前とまったく一緒だった。

「やめてよ!」

え、何?

「その猫、黙らせてよ!」

そんなこと言われても——あたしが鳴かせているわけではないですし。

「あたしをどうしたいの?」

「え?」

質問の意味がわからない。

「あたしから、これ以上何を奪うの?」

莉緒の声はさらに怒りを帯びた。

「おばあちゃんも! 子猫も! ナンまで——!」

なんまで? 何?

「これ以上、やめてよー!!」

腹の底から響く声だった。すごい叫びに、人が集まってきた。

「やめてやめてやめて!!」

何度か地団駄を踏むようにそう叫ぶと、莉緒は疲れ切ったように道路へぺったりと座り込んだ。呆然《ぼうぜん》とした顔をしている。でも、その顔には滂沱《ぼうだ》の涙が。

「莉緒ちゃん⁉」

遠巻きに見ている人の間から房子が出てきた。

「どうしたの、莉緒ちゃん？」

莉緒の隣に座り、頭を撫でた。

「おばあちゃん……！」

莉緒は房子に抱きついて、その胸に顔を埋《うず》めて震えた。

人が二人と瑠衣子を見比べている。どうしたらいいの？　まるであたしが莉緒をいじめたみたいに見えない？　ねえ⁉

騒動の発端になった三毛猫は、まだ同じ場所に座っていた。もう鳴いてないけど。表情は読めない。暗いというのもあるが。

「よしよし、莉緒ちゃん、うちに帰ろうね」

房子は、莉緒をなだめすかして立たせた。

「瑠衣子ちゃんも」

「え、あたしも？」

「そうよ、ちょっと莉緒ちゃん眠いみたいだから、手伝ってくれる？」

「は、はい……」

房子は集まった人たちに「なんでもありません」と頭を下げた。瑠衣子は手を貸したが、莉緒はいやがる様子もなかった。本当に眠そうというか、ぼんやりした顔をしていた。でも、涙は止まらない。彼女は静かに泣き続けていた。

お屋敷の二階には初めて上がった。莉緒はやはりいやがったりはしなかったが、あとでいろいろ言われるんじゃないかと瑠衣子はひやひやした。

莉緒の部屋は広い洋室で、意外にも片づいていた。しかも、驚いたことに、部屋には猫のトイレやキャットタワーなどが置かれていた。

そして、房子がベッドに莉緒を寝かそうとふとんをめくると、そこにはなんと猫が寝ていた。白地に薄茶の焦げ目のような模様の子で、耳の一部が欠けていた。

瑠衣子や房子を見るとびっくりしたのか、急いでふとんを出て、キャットタワーのてっぺんに駆け上がった。しかし気になるのか、顔を出してこっちを見つめている。首輪のチャームには「ナン」と書かれている。

ああ、なるほど。白地に淡い焦げ模様――ほんとに焼きたてのナンみたい。

「え、もしかして――」

食パン？　こんなにきれいな子だったの？　白地が汚れて灰色っぽくて、もっとやさぐれた目つきだったけれど……。

「まあ、いつの間に猫なんか……」

房子は戸惑っていた。瑠衣子は猫に「食パン？」と呼びかけたかったけれど、その前に猫は顔を引っ込めてしまった。

瑠衣子と房子は莉緒をベッドに寝かせ、ふとんをかけた。

「おばあちゃん、ごめんね……」

莉緒がつぶやく。

「いいのよ、莉緒ちゃん」

「猫、追い出さないでね……」

「わかりましたよ」

房子がふとんにくるまった莉緒をぽんぽんと叩いていると、やがて寝息が聞こえ始めた。

なんだか自分の祖母に会いたくなってきたな……。房子と祖母は、外見も全然違う。房子は小柄なやせ型で上品な雰囲気だが、祖母はガタイがよくてとにかく元気な人だ。なんでこんなに違うのに、思い出してしまうのか。

莉緒の部屋を出ると、房子は、

「ごめんなさいね、瑠衣子ちゃん」

と言った。

「あ、いえ、そんな……」

と返すくらいしかできない。

「莉緒ちゃんの部屋、最後に見た時、ゴミがいっぱいだったのよね」

ひとりごとのように房子は言う。

「あんなにきれいになってるとは思わなかったわ……」

それに関してはもっと返事ができない。

「瑠衣子ちゃん、いろいろありがとう。おわびはまた今度改めてさせてちょうだい」

「そんなの、いいです」

最初からかかわらなければよかったのかもしれないな、と思いながら、瑠衣子は家路についた。

『あたしから、これ以上何を奪うの？』

莉緒の言葉を思い出す。瑠衣子は村田家に出入りをして、実家の祖母の温かさを思い出し、その疑似家族みたいな関係に甘えていた。ホームシックを食パンで解消していたのと同じだ。たくさんのものを一気に奪われていたのは莉緒だし、瑠衣子が享受していたのも元々は彼女のもの……。

食パンすら、自分のものではなかった。

実家に帰れば家族がいる瑠衣子が、ズルズル利用していいものではなかったのだ。

次の日、瑠衣子のスマホに房子が電話をしてきた。

「昨日は迷惑かけちゃってごめんなさいね」

「いえ、大丈夫です」

嘘《うそ》だ。昨夜はちょっと眠れなかった。いろいろグルグル考えたが、何が一番気になっているのかわからなかった。実家に帰った方がいいのか、とすら思った。ところが、

「莉緒に替わります」

と意外なことを言われて、鬱々としていた気分が吹き飛ぶ。

「えっ⁉」

あわてていると、

「もしもし……昨日はごめんなさい」

と莉緒の声がした。

「あ、いえ、いいですよ……」

もう、なんでこうしどろもどろにしか返事ができないのか。「いいですよ」って本当にそう思ってるの？

……実は、割と思っていた。昨日の食パンを見てからは特に。さらわれたというか拾われた野良猫は、きれいになって、とても満足そうにしていたから。かわいがられているのがよくわかったから。

瑠衣子は、本当に少し寂しいだけだった。都会に来てから初めてできた支えみたいなものを失った気分だった。

「それで、お話がしたいので、今日うちに来てもらえませんか？」

ハキハキとしたしゃべり方だった。元々こんな感じの子だったのだろう。高校の名前も聞いたけど、かなり偏差値の高いところだった。

「いいですよ」

もうおばあさんのごはんは食べられないのかしら――って結局それが悲しいのかよ、と自分にツッコミながら、村田家へ赴く。今日はバイトがないので、夕方、大学の講義が終わってから。

いつもごはんをごちそうになる茶の間へ入ると、莉緒が座って待っていた。ジャージではなく、長袖シャツにジーンズをはいていた。髪は後ろに束ね、すっきりと顔を見せている。なかなかかわいい子だったんだなあ。

房子がお茶をいれて座るまで黙っていたが、いきなり、

「昨日はごめんなさいっ」

と頭を下げた。

「取り乱してしまって……」

「取り乱してって、何に？」

訊きたいことは山ほどあるにはあるが、とりあえず。

「猫が……外で猫が鳴きだしたら、ナンが窓の外を気にし始めて……いつかみたいに逃げ

ちゃうと思ったんです」

いつか……？　あれ、もしかして？

「子猫のこと？」

あの子はやっぱりここにいたのか。

「はい。あの時は、あたしがドアを開けっ放しで部屋を出たからなのに」

「あの、ナンってチャームつけてた猫……外にいた子を連れてきたんだよね？」

「そうです」

野良だから、拾ったってかまわないのだが、あの子は地域猫で、面倒を見ている人がいる。別にその人たちは知り合いでもなんでもないのだが、瑠衣子がわかったくらいだから、その人たちも心配をしたはずだ。とはいえ、それを自分が説教する義理はない。

「なんで連れてきたの？」

「……触れたから。人なつこかったから」

「猫飼ったことあったの？」

莉緒は首を振る。

「かわいいから、そばに置いておきたかったんです」

瑠衣子は、猫だまりで食パン――ナンを初めて撫でた時のことを思い出した。ホームシックで寂しかった気分が、明るくなったような気がした。

「子猫が逃げた時、ナンちゃんはどうしてたの？」

「ナンは寝てました。でも、次はきっと逃げちゃうと思ったから、ネットでいろいろ調べて、いろいろなもの買って、居心地よくして逃げないようにしようと思って……」

「部屋を……猫仕様にしたの？」

「片づけたの？」と訊くと房子から聞いたとバレそうなので、言い換えた。莉緒はうなずく。

「朝早く起こされるし、一緒に寝たがるから、夜もちゃんと寝るようになって……。ヒマだから、ゴミを片づけて……毛がたくさん抜けるから、掃除もしたんです」

ポツポツと莉緒は続ける。

「そしたら、あたし、今まで何してたんだろう、と思って」

「莉緒ちゃん、それはしょうがないのよ」

房子が言う。

「莉緒ちゃん、ずっと我慢してたでしょう？」

そう言われた莉緒は、ポロポロ涙を流した。

「泣くのを我慢しなくて、いいのよ」

莉緒は何度もうなずく。

「……泣いてると、ナンがずっとそばにいてくれて……」

　そう言うのが精一杯のようだった。一人で部屋で泣いていたんだ。人前で泣くことができなかったんだね。

「おばあちゃんも悲しかったのに……」

　房子も悲しそうに目を伏せたが、

「おばあちゃんが泣いてる間は、莉緒ちゃんが慰めてくれたからね」

　と言って笑みを浮かべた。

　……あたしはいったいどうすれば？　瑠衣子はいたたまれなかった。すごい部外者感。もう帰った方がいいかしら？

　莉緒は涙をティッシュでごしごし拭くと、顔を上げた。

「それで、瑠衣子さんに頼みがあるんです」

　いきなり言われて、心底びっくりした。あたしには何もできないでしょう⁉　二人の問題だし、強《し》いて言えば何かできるのは猫だ。

「あたしの、家庭教師をしてほしいんです」

　思いがけないことを言われた。

「はっ⁉」

　房子に目を向けると、なんだか期待に満ちた顔をしているではないか。

「来年、大学に入りたいんです」

「いやいやいやっ」

瑠衣子は手を必死に振った。確かにあたしのバイトは家庭教師だ。でも、小学生にしか教えたことないんだよ⁉ 大学の受験勉強なんて、教えられる自信ないよ！ 自分の時のことすらもう忘れているし！

「お願いします！」

二人が同時に頭を下げた。どうしよう。あたしは受験仕様の家庭教師じゃない。小学生相手に楽しくぬるい教え方しかしていないのに。

しかも引き受けると、少なくとも来年の春まではここへ通うことになる。

どうする、あたし⁉

結局、瑠衣子は莉緒の家庭教師を引き受けた。

房子のごはん、あるいはナンに触れることに釣られた形だ。今では一階も二階も、ナンは自由に行き来する。

ただし、予備校にも同時に通ってくれ、と頼んだ。一人で責任は負いきれない。

莉緒は言われたとおり、ちゃんと予備校にも行くようになった。そしたら、みるみるうちに成績が上がる。あたしの出番などどこにもないくらい、彼女は元々優秀だったのだ。

と言って家庭教師をやめようとしても、二人が泣き落としをしてきて、結局うやむやになる。

「次の模試でいい結果出したら、猫カフェにつきあってくれるって言ったじゃないですか！」

みたいな。そりゃ言ったというか、そう言われたから「いいよ」って言っただけで……だいたい、あたしは大して教えていないのだが。

——ということで、全国トップクラスの成績を出した莉緒と二人で、「キャットニップ」という猫カフェに来た。同じ街にあるとは、瑠衣子も知らなかった。しかも、同名の猫シェルターが運営する保護猫カフェだという。

猫カフェにも行ったことがなかったので、さすがにテンションが上がる。ナンはかわいいけど、自分の猫じゃないし。いつか飼えたらいいな、と思っても、まだ無理だし。

カフェ自体はまだ新しく、おしゃれな雰囲気だ。窓際が猫専用の部屋で、午前中はガラス越しに猫を眺められ、午後になると人が猫部屋へ入れるようになる。その時間帯に、莉緒がちゃんと予約をしてくれていた。

猫はみんなかわいいが、フレンドリーな子ばかりではない。でも、おもちゃで遊ぶのはどの子も大好きみたいだ。楽しい。遊んでいるのか遊んでもらっているのか、わからないくらい。

壁には、これまでここで保護されて里親に引き取られた猫たちの写真が飾ってあった。

それを見ていたら、

「あっ！」

意外な猫たちの写真を見つける。

「莉緒ちゃん、これこれ」

二人でその写真をのぞきこむ。母猫と子猫二匹が同時に引き取ってもらえた、という報告だった。そのうちの一匹、

「この子猫は――」

村田家から逃げだしたあの子猫ではないのか？　特徴のあるぶち模様に見憶えがある。

スタッフの男性に訊いてみる。

「どこでつかまえたんですか？」

変なたずね方だな、と思いながら。するとやはり、あの猫だまりにいた母子だとわかる。

「そうかー……お母さんと一緒なんだね、あの子は」

莉緒はなんだか泣き笑いの顔になって言った。そして、

「猫だってきっと寂しいよね。いきなり一人になったら」

まるで自分のことのようにつぶやいた。

そう。あたしもいきなり一人になって、寂しかったのだ。莉緒や房子や野良猫たちと比べたら、ずっとぬるい寂しさだけど、その人の寂しさは、その人にしかわからない。

莉緒は、スタッフの男性にナンの写真を見せた。なんと彼はナンのことを憶えていた。

「ああ、食パンさん！」

その呼び名に瑠衣子は驚く。

「あたしも『食パン』って呼んでました！」

「そうですか！　そうですよね、食パンみたいな色でしたよね！」

「でも、今の名前は『ナン』って言うんです」

莉緒の言葉に、瑠衣子とスタッフの男性は大笑いした。「食パン」も「ナン」もあの子にぴったりだ。

「食パンさん、幸せなんですね。よかった……」

彼はとても喜び、しみじみとそう言った。

瑠衣子と莉緒は、幸せな気分で猫カフェを出る。すると、ベンチの上に三毛猫が寝ていた。あれ？　最近見ないけど、この子はあの三毛猫？

「かわいい。この子もここのスタッフなのかな？」

そう言って莉緒は笑い、スマホで写真を撮る。

帰ろうと歩きだした時、背後から、

「ミケさん」

と呼びかけるような声が聞こえた。瑠衣子が振り向くと、さっきのスタッフの男性がドアを開けて、反対側に目を向けていた。
ベンチの上の三毛猫は、もういなくなっていた。

第五話　猫運のない女

【白黒猫】

文字どおり、白地に黒い模様が入った猫で、「牛柄」などとも呼ばれる。また、黒の配分が多いと〈黒白〉と呼ばれることも。一般的に、白猫は繊細で臆病、黒猫は大らかな性格が多いとされている。ということは、白黒猫の性格は、白と黒の面積次第？　白黒猫のほとんどは、黒い尻尾に生まれることが多い。

弓絵

弓絵《ゆみえ》は、小さい頃からずっと猫を飼いたかった。

父は「別に飼ってもいいい」と言っていたが、ネックは母だった。結局、父も弓絵も他の家族も昼間は家にいない。世話をするのは母になる。その母は動物が嫌いだった。潔癖気味だったからだ。「トイレの始末なんか絶対にしない」と断固として拒否した。

それと同時に、「猫」という動物に対し「得体の知れないもの」と思っていたところもあった。「足音がしないのが怖い」と言っていた。「犬ならいい」とは言っていたけれど、世話は拒否していたのだから、どっちにしても幼い頃ペットを飼うことはかなわなかった。

その後、家を出て一人暮らしを始めてからは、ペット可の物件に入れるほど余裕はなく、近所の猫だまりを見つけたり、ペットショップで見たりするしかなかった。

二十代の後半で結婚し、子供が生まれてから夫婦二人でがんばって、一戸建てを買った。気がつけばもう四十代で、「猫を飼いたい」と初めて思ってからもう四十年近くたっていた。

その時まで弓絵は、自分に「猫運《ねこうん》」がないのだと思っていた。ペット可の賃貸に入れる余裕も、もちろんペットショップで猫を買う余裕もなく、それを打破するような出来事、たとえば猫を拾ってしまうとか、知り合いからどうしてももらってほしいと言われるとか、そういうこともなく、猫と自分の人生は交わらないくらい縁のないことなんだな、と考えていた。

だから、一戸建てを買った時、「これで飼える」と思ったのだ。せっかくの一軒家なのだし、これはもう、猫を飼うしかない、というか、飼おうと決めていた。

実は夫は、長年実家で猫を飼っていた人だったから、おそらく賃貸でなくなったら飼うとばかり思っていた。

ところが、引っ越して少し落ち着いてから夫に訊《き》いてみると、なんと、

「猫は飼わなくていいかな」

と言うではないか！　一瞬、聞き違えたかと疑った。

「え、猫飼わないの？」

もう一度訊いても、いや、何度訊いても、

「うん」

答えは同じだった。外で見かける猫には必ず声をかけたり名前をつけたり、撫《な》でられる子に会うのを楽しみにしていたりするような人だから、当然飼えるようになったら飼うだろう、と思っていたので、弓絵の落胆は激しかった。

娘の麻友香《まゆか》が頼めば、と思ったが、父親が「ダメ」と言うならダメなんだ、としょげな

がらも納得したようだった。一瞬、子供をダシにして（泣いて頼ませるとか）、と思いついたが、それは大人としてダメだろう、と考え直す。

何も障害がなくなったと思ったのに、こんな落とし穴があるとは！　つくづく自分は猫運がないんだな、もうあたしは猫は一生飼えないんだ、と本気で落ち込んだ。

まあ、でもしょうがない。飼いたくない人がいる家にむりやり連れてきても猫に悪いし。とりあえず猫分は猫カフェや、外猫たち（ここら辺はまだ猫を外に出している家が多い）などで補給するしかない……。

そう思いながら、一人で散歩に出た。

人なつこい飼い猫がいる家の前を通りかかると、その子がひょっこり窓から出てきた。ゴロゴロと喉を鳴らしながら、弓絵の足にまとわりつく。かわいいなあ。

「コマちゃん、引っ越し終わったけど、うちは猫は飼えないみたいだよ」

つい愚痴のようなことをコマ（ここの家はとてもクラシックな名前を飼い猫につけている）に言ってしまう。

「飼いたかったんだけどなあ。コマちゃんみたいな子がよかったなあ」

コマはメスだが、ここらを仕切っているような雰囲気がある。たいていフレンドリーだが、人によっては触らせてくれないこともあるらしい。サバトラ系の猫がこのご近所で多いのは、もしかしてコマのきょうだいや子供なのかしら、と思っている。

しばらく撫でていると、コマは満足したらしく、電柱に顔をこすりつけることに夢中になってしまう。

「じゃあね、コマちゃん」

そう言って歩きだすと、「もう行くのか?」という顔になるのがおかしい。関心を失ったのはそっちの方なのに――猫のそういうところが、弓絵は好きだった。母はそういうところが、きっと嫌いだったんだろう。

コマ

弓絵が引っ越したと聞いたので、ついに猫を飼うのかな、と思っていたのに、なんと飼えないとは!

そんなバカな。猫好きが家を建てたら、猫を飼うのが当然だろ、とコマは思う。確か、ミケさんはそれを見越して予定を立てていたはず。三毛猫のミケさんに頼めば、猫を飼いたい人の家に最適の猫を送りこんでくれるのだ。

向かいの家に住むタマ(妹。コマとそっくり)が近寄ってくる。

「弓絵さん、どんな子がほしいって言ってた?」

当然そういう話をしたと思われているから、わくわくして訊いてくる。

「それがさー、『うちは猫は飼えない』って言ってたんだよ」

「えぇーっ、そんな、信じらんなーい！」

明らかに「バカじゃないの？」みたいな顔をしている。

「だって弓絵さん、猫飼うために家を建てたんでしょ？」

タマは決めつけているけど、

「いや、それは知らないけど」

いくらなんでもそこまでじゃないと思う。

「でも、弓絵さん自身は猫を飼いたいんだよね？」

コマはうなずく。

「それは確かに言ってた。あたしたちみたいなサバトラがいいって」

「やっぱり〜。サバトラは世界で一番かわいいよね」

タマのこの自信は、いつもすごいと思う。

「けどまあ、弓絵さんはどんな子でもかわいがると思うよ」

そういう人じゃないと猫は飼ってほしくないな、とコマは考える。

「そうだよね」

「なのに飼えないなんて、残念だなあ」

「何言ってんの、お姉ちゃん！　ここであきらめちゃダメだよ」

「でも、飼えない事情もあるんだから──」

「本当にそうなのかしら？」

何その思わせぶりな態度。タマは悪い顔をしている。何か企《たくら》んでるみたいな。

「なんで弓絵さんは飼えないの？」

「それは知らない。それはさっき言わなかったよ」

「じゃあ、家族が反対してる？」

「そうじゃない？」

タマはコマの答えを聞いて、ちょっと考えていたが、やがて言った。

「その家族が『飼いたい』ってさえ思えばいいのよね？」

「そうだけど、どうすんの？　あたしたちは弓絵さんがどこら辺に住んでるかも知らないよ」

駅の反対側っていうのは、うちのお母さんと話しているのを聞いたことがある。縄張りからはかなり離れている。

「家族って、よく一緒にいる男の人──旦那さんがいやがってるのかな？」

「そうだろうね」

娘らしい麻友香って名前の女の子は、「猫飼いたい」といつも言っていたから。旦那さんは無口な人だ。

「でも、旦那さんも猫は好きみたいだったけど」

コマは首を傾《かし》げる。

「そうだよねえ。あたしもそう思ってた」

誰というか、どの猫が見ても、旦那さんは猫好きだときっと思うはず。

「ミケさんに伝えなくちゃ！」

タマは耳をピンと立てたと同時に、早足で歩きだした。

「何を伝えるの⁉」

「弓絵さんとこ、飼えなくなったって」

「ええー、それはちょっと……」

コマとしては、弓絵さんはぜひ猫を飼ってもらいたい人だった。だから、ミケさんにそう伝えておいたのに。

「じゃあ、どう言えばいいの？」

じれったそうにタマが言う。

「なんで弓絵さんの旦那さんが猫を飼いたくないのか、調べてって」

「えー、そんなのわかるのかな？」

タマは怪訝《けげん》そうな顔をしながらも、ミケさんを探しに行った。

うしこ

「ちょっとまた調べてほしいことがあるんだ」

とミケさんに言われた。

「何？」

「和久井《わくい》さんちの再調査なんだけど」

「えっ、あそこは終わったと思ってたのに」

会社勤めの旦那さん、在宅仕事の奥さん、小学生の娘の三人暮らし。新居には入居済み。奥さんは猫を飼ったことはないが猫好き、旦那さんは実家で長年猫を飼っており、子供に猫アレルギーもなし。

奥さんと娘さんが初心者だから、飼いやすい子を、という注文のみの容易《たやす》い案件だと思っていたのに。

「旦那さんが猫を飼わないって言ってるらしいんだけど、それがどうしてか知りたいんだよね」

「えー。そんな……」

うしこはショックを受けた。調査は完璧だと思っていたのに。

「調査に不備はないよ。うしこのせいじゃない。ただ突然旦那さんがそう言いだしたらしいんだよね」

意思の疎通がうまくいってなかったということだろうか。夫婦の間ではよくあることだが、今回は避けてほしかった。

「悪いけど、旦那さんのことをもう少しくわしく調べてもらえるかな」

「わかったよ」

ミケさんはこういう調査をあちこちの猫に頼んでいる。いろいろなところへ行って、いろいろな依頼をしているらしいが、忘れてしまわないかな、と心配になったりする。

頼まれた猫は、ちゃんと約束を守る。やりたくないことは約束しないから。「やってあげよう」と思えば、「わかった」と承知する。うっかり忘れてしまったり、のんびり屋の猫だと時間がかかったりもするが、ちゃんとその依頼はこなす。

うしこは生後一年目くらいから彼のこういう依頼を引き受けている（人間だと十代くらいの頃から）。人間の家の事情を調べるのは得意なのだ。

ミケさんと別れてからすぐ、和久井家へ行ってみた。

とはいえ、それは改めての確認作業以上のものはなかった。新築の家が古くなっているわけでもなく、夫婦の仕事が変わった様子もない。ただもしかして、旦那さんの仕事がうまくいかなくなった、というのはありえそう。あるいは、誰か病気になったとか、同居人が増えたとか。

うしこは、近所の猫たちに聞き込みをする。だが、変わった様子は見受けられないとのこと。漠然とした不安や悩みみたいなのも感じられない（猫は人間の微妙な表情も読むのだ）。

「『猫が飼えなくなった』って奥さんがちょっと沈んでるくらいかな」

和久井家周辺を根城にしている麦わら柄の野良猫が言う。

「娘さんは？」

「子供は切り替えが早いから。お父さんの実家にいる猫を触るだけでもまあまあ満足しているみたい。猫を飼ったことがなければ、そんなもんかもね」

「奥さんもそうだけど」

「奥さんはほら、飼う気満々で、しかも当然飼えると思ってたからねー。失望が大きいんでしょ？」

うしこは、奥さんがかわいそうに思えてくる。

「旦那さんの様子は？」

「うーん、あたしを見つけると声をかけてくれるし、特に変わりはないかなあ。別に猫が嫌いになった様子はないね」

だいたいミケさんが子猫を送り込もうとしていた家なんだから、問題なんてなかったのだ。直前で番狂わせがあっただけ。

「ならなんで、『猫を飼いたくない』なんて言いだしたんだろうね？」

「それは人間じゃないからわかんないな」

麦わら猫の言い分はもっともだった。それはいくらミケさんでも（そしてもちろん、うしこにも）覆すことはできない。人間の気持ちを変えるのは、とても難しいのだ。


「猫嫌いの人に猫を飼わせるのには、どうしたらいいの？」

ミケさんに報告しに行ったうしこは、そうたずねてみる。

「それはあんまり気にしない。家族が猫好きなら、世話はその人がするし」

「虐待されたりしない？」

「そういう猫嫌いの人の家には猫は行かせないよ。それってほんとに『嫌い』っていうか、危険な人だし、そういう人って人間にも危険だよ」

そうか。別問題なんだね。

「いわゆる『猫嫌い』の人って嫌いっていうより『無関心』なんだよね。あるいはよくわからないから怖いとか」

「なるほど」

「本当に無関心なら、猫と距離を置くし。優しい人なら、慣れて猫が近寄っても乱暴には扱わないでしょ。要は猫にストレスさえ与えなければいいんだよ。別に世話する人が何人も必要なわけじゃないんだから」

うしこはミケさんの言葉に納得する。

「でもそれじゃあ、和久井さんちの旦那さんが猫を飼わないって言った理由ってなんなの？」

「うーん、それがよくわからないんだよねえ」

なんでも知っている（とみんな思っている）ミケさんが珍しく悩んでる！

「誰か説得してくれる人とかはいないのかな。うしこ、いい考えない？」

しばらく考えて、当たっていないところを思い出した。

「――実家の猫たちに頼んでみるのは？」

「あっ、それはいい考えかもしれない」

やった。ミケさんにほめられた！

うしこはさっそく、旦那さんの実家へ行った。同じ町内で、猫の縄張り内くらいの距離なのだ。

旦那さんの実家には、三匹の猫がいる。全員元野良猫だ。以前は四匹だったのだが、だいぶ前に一匹が天寿を全うした。

もう一匹もお年寄りで、最近は寝てばかりらしい。あとの二匹は兄弟猫でまだ若く、とても仲がいい。虎白とサバ白と色は違うが、顔はよく似ている。うしこも顔見知りだ。

「旦那さんの様子って何か変わってない？」

ガラス窓越しに二匹に話をしてみる。猫は耳がいいので、けっこう伝わる。

「旦那さんって研一《けんいち》くんのこと？」

「そうそう」

そういえばそんな名前だった。

「特に変わったところはないよ」

とはいえ、もうこの家には住んでいないのだから、変わってもわかりにくいだろう。

「でも、どうしてそんなこと訊くの？　研一くんに何かあったの？」

うしこが簡単にミケさんから聞いたことを説明すると、彼らもびっくりしていた。

「えっ、研一くん、てっきり飼うと思ってたよ！」

「飼えないところに住んでるから飼ってないだけだと思ってたのに。なんか壁紙とかも爪とぎに強いものにしたとか弓絵さんが言っていたよ」

弓絵さんとは奥さんのことだね。

「なかなか飼わないねー、とか話してたところだったんだよ」

どうしてだろうねー、と二人ともそっくりな仕草で首を傾げる。

結局、何もわからないではないか。

とにかく、研一にアピールをするしかないのか。「飼って飼って飼って！」みたいに。でも、それは今までもやってたしな……。

「とにかく、何か変わったことがあったら、連絡して」

と二匹に言って、うしこはその場を離れた。

弓絵

最近、麻友香の帰りが遅い。道草を食っているらしい。

ここら辺は人通りも多いし、住宅街の道路もそれほど危険はない。子供が一人でうろうろしていても、比較的安全だ。下町っぽい雰囲気も残っているので、ご近所の人が積極的に声かけもしてくれる。

それでも、帰りが遅いのは気になる。今までずっとまっすぐ家へ帰ってきたのに。うちは別に習い事などはしていないので、時間的な縛りはないんだけれども。

新しい友だちでもできたんだろうか。

今日も、普段より三十分くらい遅く帰ってきた。

「最近、帰り遅いね」

直球で訊いてみた。

「そう？　少し遊んでから帰るからかなあ」

おやつを食べながら、麻友香は首を傾げる。

「新しい友だちでもできた？」

「新しいっていうか、いつも遊ぶのはひよちゃんとののちゃんで同じだけど」

ひよちゃんもののちゃんも、一年生からの友だちだ。五年生まで一緒のクラスで、大の仲良し。友だちは変わっていないようだ。

「三人で一緒に帰ってるの？」

「帰ってるよ」

これも変わらない。みんな近所なので、それぞれ一人になる時間も短い。そのあとに寄り道をしている可能性も低そうだが——。

「遊んでから帰るって、何してるの？」

「地図ゲーム」

意外な答えに、弓絵は驚く。

「え、どういうこと？」

「授業で前、町の地図を作ったんだよね」

「……うん」

麻友香の勉強机のところに貼ってある。

「みんなで歩いて、どこに何があるか調べて作ったの。班で分かれて」

「そうだったね」

「自分たちで作らなかった地図を、実際に見て作り直そうと思って」

勉強？　ってこと？

「行かなかったところを三人で見て回ってから帰るの」

「……それ、『道草を食っている』ってことだよ」

「何？　道草って？」

今まで寄り道したことないから、言ったことなかったか。

「まっすぐ帰らないで、どこかに寄って帰ること」

「へー、知らなかった。でも、面白ーい」

そこはうれしそうに笑うところじゃないだろ、と思ってしまう。

「なるべくまっすぐ帰りなさいね。地図ゲームする時は言って」

「はーい」

と素直に返事をした。

それからは朝、

「今日地図ゲームして帰るから！」

と言うようになった。

ただ、ほぼ毎日なので、一応ひよちゃんとののちゃんのお母さんにも話してみた。二人とも習い事や塾などには影響しない程度には帰ってくるし、人の多いところを通っているようなので、まだ様子見とのことだ。

弓絵としてもそうなのであるが——ただ麻友香はけっこうぼんやりさんで、あまり積極的な方ではない。ぱっと行動に移す二人のあとをのんびりついていくというタイプだと思ったのだが、

「それって考えたの、ののちゃん？　ひよちゃん？　それとも麻友香？」

そんな質問をしてみると、

「麻友香」

即座に答えたのだ。地図というか地理にいきなり目覚めたとも言えるけれど、どうも麻友香らしくない。もう五年生だし、自分で考えて何かやろうとするのには感心するのだが。

「ふーん。今度その地図見せてよ」

「いいよー。もうちょっとでできあがるから、そしたらねー」

ふんふーん、と鼻歌を歌いながら、麻友香は二階へ上がっていった。

麻友香

初めてお母さんに嘘《うそ》をついてしまった。

いや、初めてじゃないけど、なんだろう、ちゃんとした嘘をついたのが初めてなんだ。

とっさに違うことを言うとかじゃなくて、お母さんをだまそうとしてつく嘘。少し罪悪感があったけれど、それでも麻友香は本当のことを言うつもりはなかった。

「まゆちゃん、いないねー」

ののちゃんが地図を広げて言う。

「マンガとか小説だと、けっこうよくあることって思ってたけど」

ひよちゃんも言う。

「ごめんね、二人とも」

二人にも同じような嘘をつかせてしまっている。バレて自分が怒られるのはいいけど、二人はお母さんからどう言われるんだろう。それが一番、麻友香は怖かった。「まゆちゃんと遊んじゃダメ」って言われちゃうかな。もう会えなくなるんだろうか。

「気にしないでよ、まゆちゃん！」

二人とも敏感に麻友香の気持ちを察して、そう言ってくれる。

「地図を作ってるのは本当だもん」

「そうそう、そのついでだったって言うから平気平気」

そうなのかな……。まだ不安だけど、一度やりだしたことだから、やめるわけにもいかない。

ただ問題なのは、まったく成果がないということなのだ。もっと簡単なことだと考えていた。しかし何も見つからないまま、時間ばかりが過ぎていく。麻友香は焦っていた。あとどれくらいかかるの？　それとも、こんなことは無理なの？

お母さんに嘘までついてやったことなのに、無駄だったなんて思いたくない。

「やっぱり、お話の世界でしか起こらないことなのかな」

ついそんなことを言ってしまう。

「そんなはずないよー。だってあたしの叔母《おば》さんちの子は、そうだったんだよ！」

「うちもお母さんがそんなようなこと聞いたって言ってたよ」

麻友香もお父さんから聞いたことがある。だから思いついたのだ。だから、簡単なことだと思っていた。

「どうしよう……」

あきらめた方がいいのか、それとも続けた方がいいのか。

もうこれ以上、二人に甘えるのもいけない気がする。でも、一人でやったら、多分すぐにお母さんにバレてしまう。

「決めた」

麻友香は立ち止まる。

「何？」

「地図も明日でできあがるよね」

他の班の子たちが作った地図を、わざわざ作り直したものが――。よく考えたら、お母さんへ言ったことに嘘はなかった。本当に地図を作り直してたんだから。言わなかったことはあったけど。

「まあね」

「でも、隣町のも作ってもいいよ」

そんな遠くまで行ったら、帰りが遅くなって、二人のお母さんに心配かけてしまう。

「決めたよ。明日で、やめる」

「えーっ」

なんだか二人ともとても残念そうだ。麻友香だって同じ気持ちなのだが……泣きたいくらい、あきらめたくないのだけれど……。

「明日ダメだったら、もう終わりね」

「……まゆちゃんが終わりって言うなら、しょうがないね」

「楽しかったのになあ……」

二人そろってため息をついた。

ののちゃんとひよちゃんにとっては、ちょっと楽しい冒険だったのかもしれない。でも、麻友香にとってはもっと大事なものだった。小さい頃からの夢のためのものだった。

夢はいつかはかなうかもしれないけど、今じゃないみたいだ。大人にならないとダメなのかもね……。

うしこ

「麻友香ちゃんが明日でやめるって言ってたよ」

さっき聞いたばかりのことを、さっそくミケさんに言いに行く。

「そうなんだ。けっこう粘ったね」

うしこも彼女の行動の目的に気づいた時は驚いた。捨て猫を探して拾って、なし崩し的に飼おうという――いかにも子供らしい発想で、すぐ音《ね》を上げるかと思ったが、そんなことはなかった。友だちも協力的で、地図も真面目《まじめ》に仕上げていたし。

ミケさんがそれに協力するかと思ったが、静観していた。やはり、研一の「飼わない」という言葉がひっかかっているようだ。

「やっぱり人の気持ちを変えさせるのは、難しいのかね？」

うしこは言う。この場合は麻友香ではなく、研一の気持ちだ。

自分とミケさんは、麻友香の行動を見守ると同時に研一のことも観察していた。彼は今までとまったく変わらない日々を過ごしていた。それは、心境の変化がないということだ。猫は敏感な動物なので、ちょっとの変化でもわかるはずなのだが……。

「そうだねえ。難しい」

実家の猫たちにもまた聞き込みをしてみたが、やはり何も気がつかなかったと言う。

「飼って！」アピールはより激しくしていたらしいが、あまり効果はないようだ。

「もう一度、よく様子を見てみるかな」

ミケさんと一緒に、うしこも研一を観察してみた。彼は、駅から家までの間、猫が集まっている場所を注意深く見ながら帰るのだ。それは楽しそうでもあり、少し寂しそうにも感じる。猫が飼えないマンション暮らしの頃から、そんな顔をいつもしていた。

「変わらないね」

うしこが言うと、ミケさんはうなずく。そして、しばらく考え込んでしまう。

「ミケさん、どうしたの？」

うしこがたずねると、やがてこう言った。

「明日、やっぱり手伝って」

麻友香

今日で終わりだと思うと、残念でならない。ののちゃんもひよちゃんもなんとなく暗い顔をしている。

最後の児童公園を地図でチェックして、

「できたよ」

と二人に声をかける。

「あーあ、終わりかあ」

と声がそろってしまって、三人で大笑いをしたけれど、気分は明るくならなかった。

捨て猫なんて簡単に見つからないんだな、と改めて思う。麻友香たち三人は、学校帰り、猫が捨てられていそうな場所を巡っていたのだ。公園とか土手とか、草ぼうぼうの空き地とか――想像できるところは少なかったけれど、町には割とそういうところがあった。この児童公園でも、植え込みの下とか、生えている草の根元とかを徹底的に探した。

でも、捨てられている子猫はどこにもいなかった。

子猫がいたら、家に連れて帰って、

「捨てられてたんだからかわいそうだよ、飼ってあげようよ！」

とお父さんに言うつもりだった。そういう状況だったら、きっと許してもらえる。麻友香はそう信じていた。

でも、拾えなかったらどうにもできない。麻友香は泣きそうになった。

「まゆちゃん、もうちょっとたったらまたやろうよ」

ののちゃんが言う。

「そうそう。また町をうろうろしても大丈夫な遊びとか勉強とか考えてさ」

ひよちゃんもなぐさめてくれる。

「うん……ありがとう」

麻友香は本当に二人の心遣いがうれしかったが、思ったよりも落胆が激しく、こう言うのが精一杯だった。

「じゃあ……帰ろうか」

そう自分が言わないと、二人をずっとつきあわせてしまう。麻友香は二人と手をつなぎ、歩きだした。

ぴー

公園の奥から、妙な音が聞こえた。

「……なんの音?」

高い笛の音みたいな……。

振り向くと、薄暗い公園の奥でキラッと何かが光った。

「あっ、猫の目が光ってる」

目のいいひよちゃんが言う。

「えっ、子猫!?」

「違う、大きい」

三人で公園の奥まで歩いていくと、白黒の猫がとっとと植え込みの中に逃げていくのが見えた。確かに大きかった。野良猫かな。あんなにあわてて逃げていくのではつかまらない。麻友香の本音としては、飼えるのなら子猫でなくてもいい。でも、捨てられているのはたいてい子猫だから、それをいっしょうけんめい探していた。

ぴー
また高い音がする。

「何?」

三人であたりを見回し、音の出処《でどころ》を探していると、植え込みがガサガサし始めた。さっきの猫かな?

固まってしまう。

と思うと、「ぴー、ぴー」と言いながら、一匹の子猫が植え込みから現れた。麻友香は

「まゆちゃん、子猫だよっ」

ののちゃんが興奮しながらも、子猫を怖がらせないように小声で言う。ひよちゃんはぎゅっと麻友香の腕をつかんでいる。

子猫は鳴きながらゆっくりと三人の方に近づいてくる。

「まゆちゃんに向かって来てるよ」

二人が麻友香からそっと離れる。子猫は小さな目を麻友香に向けていた。

麻友香は座って、手を差し伸べた。子猫はまるでその手に吸い寄せられるように歩いてくる。細い四肢をよちよちと動かしながら。

そして、麻友香の手にたどりつくと、ゴロゴロと言いながらおでこをすりつけ、手の中でなんとか丸くなろうとした。寒いのか、震えている。

「まゆちゃん、タオル！」

二人があらかじめ用意しておいたタオルや、キャリー代わりのエコバッグなどを差し出していたが、麻友香は感動のあまり、しばらく動くことができなかった。

弓絵

「お母さん！」

今日も少し遅かった麻友香は、帰ってくるなりただいまも言わず、弓絵を呼んだ。

「お母さん！　お母さん！」

「はいはい、何？」

何をそんなに大騒ぎをしているのか、と玄関へ行くと、何やらタオルを抱えている。

「お母さん！　子猫拾った！」

「ええっ⁉」

「はい！」

差し出したタオルの中に、ぶるぶる震えている子猫がいた。サバトラ模様の子だった。

「地図作っててね、偶然拾ったの！」

麻友香はだいぶ興奮していた。

「三人で公園にいたらね、この子がひとりでぴーぴー言いながら出てきたの！」

そう麻友香が言ったとたん、思い出したように子猫はぴーぴー鳴きだした。うわっ、めっちゃかわいい声！　何このちっちゃい爪、肉球！

「飼っていいでしょ！　拾ったんだもん、かわいそうでしょ！　ねえ、飼ってもいいよね⁉」

勢い込んで麻友香は言う。父親から「猫は飼わない」と言われた時は、素直にあきらめたみたいだったのに、やはりそれはポーズだったのだろうか。昔から一緒に猫だまりを巡って、ずっと野良猫たちを見てきて、その子たちを拾えないと知ると泣いたこともあったのだ。飼えないことを簡単に受け入れたと感じたのは、弓絵の思い違いだったのかもしれない。

でも、心を鬼にしてこう言わなければならない。

「お父さんに訊いてからね」

「お父さん、ダメって言うよ！　お母さんと麻友香で世話するからって言って、飼うことにしようよ！」

麻友香の言うとおり、研一を無視して多数決で飼うことに決める、ということが頭をちらりとよぎったが、それはやっぱり失礼だと思う。

「お父さんとちゃんと話し合って決めようね」

そう言うと、麻友香は泣きそうになる。

「そんなにこの子が飼いたい？」

「だってだって……麻友香の足元に、歩いてきたんだよ。箱に入ってたのを拾ったんじゃないよ。まっすぐ麻友香の、わたしのところに来たんだよ……！」

本当なら周りに親がいるかどうかを見た方がよかったのかもしれないが、子猫に一瞬にして心を奪われたと思われる麻友香にそんなことはできなかっただろう。

とにかく、子猫の身体《からだ》を拭いて、湯たんぽを作り、温かい寝床を作った。

「猫のごはん買ってくる！」

と意気込む麻友香に財布を持たせ、近所のコンビニで子猫用のフードや猫砂、ペットシーツなどを買ってきてもらった。

子猫はガツガツとごはんを食べ、教えられなくてもトイレにうんちとおしっこをした。

飼えるにしても、里親を探すにしても、病院には連れていかねば。でも、それは明日だ。

「お父さんに早く帰ってくるようにメッセージ出す！」

いや、それはどうかな、と思ったけど、娘は鼻息荒くメッセージをさっさと出してしまう。

『猫拾ったから、早く帰ってきて』

それへの返事は、

『えっ⁉』

だけだった。早く帰ってくるのかどうなのかはまったくわからないではないか。

しかし、研一はほぼ定時上がりくらいの時刻に帰ってきた。そんなこと、ここ数年なかったなー。

「ほんとに猫拾ったの？」

麻友香のように、ただいまも言わずそんなことを言う。

「拾ったよ」

子猫を連れてきてから、麻友香はずっとはしゃぎまくっていた。が、父親が帰ってきたら、少し緊張し始めたようだった。飼えるのか飼えないのか——一度「飼わない」と言った父の言葉を恐れている。

「学校帰りに、麻友香が拾ったの」

「そうなんだ」

「ねえ、お父さん、飼ってもいいでしょ？　こんなに小さいんだよ。もうここが気に入ったみたいなんだよ」

実際、子猫はごはんを食べたら、麻友香が提供したクッションの上でへそを丸出しにして寝てしまった。いきなりのリラックス。ここが家ともう決めたように。

研一は、じっとその子猫の寝姿を見ていた。

すぐに放り出せとは言わないだろう。でも、いつかは手放すなんてことになったらどうしよう。もう弓絵も麻友香と同じように、子猫のことが大好きになっていた。

やがて研一は、顔を上げて、にっこり笑って言った。

「いいよ。拾っちゃったんだから、飼おう」

「やったー！」

麻友香が跳び上がって喜ぶ。

「ありがとう、お父さん！」

「こんな顔して寝てたらなあ」

研一は、クッションの脇に座り込み、さらに猫を見つめていた。その顔は、はっきり言ってデレデレだった。麻友香も同じような顔でのぞきこんでいる。

「飼わない」って言ったのはなんだったの？　弓絵はそこのところが今一つ理解できなかったが、飼えるということならそれでいいか、と思った。

明日は病院へ連れて行ったり、猫ベッドとかトイレとか買いに行かないと。

自分の猫運も、やっと上向いてきたかも！

うしこ

サバトラのコマのきょうだいだかいとこだかと思われる子猫を麻友香に拾わせたが、そのあとどうなるのか、うしこは気にしていた。

しかし、めでたく引き取ってもらえたようで、ようやく安心する。

「ミケさん、子猫は和久井さんちの子になったよ」

「そりゃよかった」

驚く素振りも見せずに、ミケさんは言う。今回関わった猫たちみんな、「飼わないって言ってたのはなんだったの⁉」と驚いていたが。

「ツンデレだったのかな、研一くんって」

実家の兄弟猫たちの言葉を、うしこがくり返す。「猫なんて嫌いだ」と言いながら、実際に飼ったらデレデレ、というのはよくあることだ。

「それとも、ミケさんが研一くんの気持ちを変えたの？」

ミケさんならできるかも、とつい思ってしまう。

「変えたんじゃないよ。元々そうだったんだよ」

「どういうこと？」

「研一くんは、ずっと猫が好きで、ずっと飼いたかっただけなんだよ」

「じゃあ、なんで『飼わない』なんて言ったの？」

「それが人間のめんどくさいところなの」

飼いたいなら飼えばいいのに。うしこは、人間のそういうところがわからなくて、飼い猫にはなりたくないと思っていた。猫とつきあっている方がずっと楽だ。

弓絵　一年後

研一の実家の猫が、老衰で亡くなった。

二十歳まで生きた。しかもほとんど病気らしい病気もせず、いつしか寝てばかりになって、ある朝起きてこなくなったという。眠っている間に死んだのだ。

まったく苦しまなかったので、死に顔は穏やかで、今にも起きてきそうだった。

実家からの知らせを聞いて、三人で猫の顔を見に行った。弓絵も麻友香も、現在一歳になったシマと重ね合わせてしまい、涙が出てしまった。

ドライアイスと花に包まれ、ペット霊園の迎えを待っている猫を、研一はゆっくり撫でていた。いつの間にか毛並みはバサバサになってしまっていた。

その時、ようやく気づいた。研一が「猫は飼わない」と言った理由が。

彼は、亡くなった前の猫のことがずっと忘れられなかったのだ。もう一度猫を飼って、またあんな悲しい思いをしたくなかった——そういうことだったのだ。

シマは今、家族全員から思い切りかわいがられている。なんでも食べて、元気いっぱい毎日駆け回っている。でも、いつかは年老いていく。

それはわたしたちも同じだ。

悲しいからって愛さないわけにはいかない。それは、猫も人間も同じ。猫が我々を愛してくれているかは、わからないけど。

実家に残った兄弟猫二匹が、泣いている麻友香と弓絵の足におでこをすりつけてくる。別の猫の匂いがするからかもしれないが、弓絵には慰めてくれているように思える。

研一の背中にも思い切りドーンとぶつかって、「あうっ」とよろけさせた。それを見て、弓絵と麻友香は笑った。

早く帰って、シマに会いたいな、と思った。

あとがき

お読みいただきありがとうございます。はじめましての方ははじめまして、矢崎存美と申します。

『NNNからの使者』というタイトルに、「おっ！」と思って手に取った方、あるいは「NNNって何？」と首を傾《かし》げた方、おそらく両方いらっしゃったでしょう。「おっ！」と思ってこのあとがきで内容を調べようとしているあなた、おめでとう。そうです、あの「NNN」です。すぐに飼いましょう、いや、買いましょう。

首を傾げた方にご説明いたしますと――「NNN」とは「ねこねこネットワーク」（一部では「ぬこぬこネットワーク」）と読みます。ネットの猫系掲示板等でよく話題にのぼる、一種の都市伝説と言ってもいいでしょう。猫好きや猫を飼いたいと思っている人、あるいはNNNが優良飼い主と認めた人のところへ猫（一匹、ないしは複数）を派遣し、一生世話をさせ猫の下僕として生きるよう画策する、と言われている秘密組織――らしいです。秘密というか、謎の組織。実在するかもわからない。

「猫が飼いたいなあ」などと口にすると、即座にロックオンされ、子猫等が送り込まれてくる――とのことですよ。冒頭でも書きましたけれど、私の創作ではないですよ！

とはいえ、私はずっとNNNとは縁のない生活を送っておりました。「猫が飼いたいなあ」と始終口にしていたにもかかわらず。単に猫が好きなだけでは、目をつけてはもらえないようです。何しろ「組織に優良飼い主と認められないとダメ」とのことですからね。

私は認められていなかったのですね……。

ちなみに私、『NNN』というタイトルのショートショートをブログに載せています。これは『ぶたぶたのお医者さん』という作品のネタバレあとがきとして載せたものです。あ、ネタバレか……。『ぶたぶたのお医者さん』を読んでいないとわからないというものでもないのですが、読んでいるとより面白いので、気が向いたら『ぶたぶたのお医者さん』および、ぶたぶたシリーズをぜひお読みください！（ちゃっかり宣伝）

NNNに関してのくわしいことは、ネットで検索してみてください。「NNN」で検索すると、某ニュースネットワークが出てきちゃうので、「猫」とつけて、あるいは「ねこねこネットワーク」で。謎が深まるばかりかもしれませんけれども。

昔はNNNから無視されていた私も、今では一匹の猫の下僕として毎日を過ごしています。

うちの猫・ピノン（五歳・メス）は、元野良猫でした。子猫の頃、ひとりで外をうろうろしていたところを保護されて、うちへやってきたのです。青い目の美猫なのですが、たいていの猫が好きなダンボール箱もスーパーのビニール袋も嫌いというとても神経質な性格です。抱っこも爪切りもブラッシングも写真撮影もいやがるので、猫を飼っている醍醐《だいご》味《み》はなんなんだ、と思うような子です。でも、世界一かわいい。

私も猫が飼えない頃は、この作品の登場人物のように、毎日猫だまりを巡っておりました。いつもの野良猫たちをながめ、外猫がいる家を回り、ラッキーならばその中の誰かが触らせてくれる。それを楽しみにしていました。

でも、猫を飼ったら、全然巡らなくなったんですよね。早く家に帰りたくなってしまった。それに、野良猫を見ると家に連れて帰りたくなる、というのもある。連れて帰れるわけもないのに、そう思ってしまうのです。昔は野良猫は癒やしの存在だったけれど、今は飼い猫と比較して大変な生活をしている、とわかるので、見ていると少しつらくなってしまう。それでも見るけど。見るしかできないけど……。

ピノンも、引き取った時は身体《からだ》中にカビがあって、あちこち毛が抜けてしまっていたのです。あのまま引き取らなかったら、あまり長生きできなかったと思われる。具合悪そうな野良猫は、子猫の頃のピノンと重なってしまいます。猫を飼う前と飼った後とでは、猫の見方が変わってしまった。かわいい癒やしの存在として見たいのなら、遠くから見ているだけの方がいい気がする。

だってー、ピノンは日々私の仕事と睡眠を邪魔するばかりなんですもの。想像していたような「癒やし」とは違う……。それでもあと十五年くらいは毎日そうやって楽しく過ごしていってほしい、と思うのですよね。

猫を飼うと、すべての猫がみんな幸せになればいいのに——と思ってしまうのも、おそらくNNの思惑の一つと考えられます。このような小説を書かせることも多分そう。いつの間にか取り込まれている。なんて恐ろしい……！

しかもこの本は、けっこう本当に起こったことを元に書いているのですよね。どこら辺が実話なのか、細かくは言いませんけどね。

この本を書く前から、猫について何か書きたいなー、と漠然と思っていました。もちろん小説も考えていましたが、猫エッセイなんてのもすてき、なんて想像したこともありました。

ただ、うちの子の最大のチャームポイントを文章で表現できるかどうか、というのは甚だ疑問なんです。

いろいろなところで言ってるんですけど、ピノン、「ニャー」と鳴かないのです。「ぷー」と鳴くのです。いや、正確には「ニャー」とも鳴くし「ぷー」とも鳴く。どう使い分けているかは謎です。

私の夢は、「ぷー」と鳴くピノンの姿を動画に撮ってネットにあげて、世界中の猫好きの人をメロメロにすることです。猫好きで彼女の「ぷー」にメロメロにならない人はいないはず！

ただ、「ぷー」と言う時は口を閉じているので、果たして本当に鳴いているのかを証明するのは難しい。声自体も小さいから、録音するのも大変。

その前に、カメラを向けると逃げるんですよね、ううむ、どうしたら……。


いつものように、いろいろお世話になった方々、ありがとうございます。

デザインを手がけてくださった植木ななせさんは、彼女のお店「旅するミシン店」でぶたのバッグを作っていただいたことがご縁で担当していただきました。点目の猫がすてき。

ミケさんの顔にいろいろ注文してすみませんでした。ありがとうございました！

猫好きな方も、そうでもない方も、これを読んで猫がかわいいと思ってもらえるとうれしいです。

それでは。

本書は、ハルキ文庫のための書き下ろし作品です。

Haruki Bunko
ハルキ文庫

や 10-9

NNN《ねこねこネットワーク》からの使者《ししゃ》 猫《ねこ》だけが知《し》っている

著者 矢崎存美《やざきありみ》

2017年10月18日第一刷発行
2025年 1 月18日第四刷発行

発行者 角川春樹

発行所 株式会社角川春樹事務所
〒102-0074 東京都千代田区九段南2-1-30 イタリア文化会館

電話 03(3263)5247(編集)
03(3263)5881(営業)

印刷・製本 中央精版印刷株式会社

フォーマット・デザイン 芦澤泰偉
表紙イラストレーション 門坂 流

本書の無断複製(コピー、スキャン、デジタル化等)並びに無断複製物の譲渡及び配信は、著作権法上での例外を除き禁じられています。また、本書を代行業者等の第三者に依頼して複製する行為は、たとえ個人や家庭内の利用であっても一切認められておりません。
定価はカバーに表示してあります。落丁・乱丁はお取り替えいたします。

ISBN978-4-7584-4125-4 C0193 ©2017 Arimi Yazaki Printed in Japan
http://www.kadokawaharuki.co.jp/ [営業]
fanmail@kadokawaharuki.co.jp [編集] ご意見・ご感想をお寄せください。

＼大好評／

「食堂つばめ」

シリーズ

命の源は、やっぱりおいしく食べること。
おいしい料理と温かな心が胸に沁みる、
ハートフルファンタジー！

①食堂つばめ

②明日へのピクニック

③駄菓子屋の味

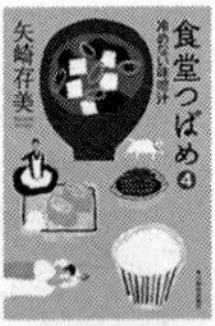

④冷めない味噌汁

⑤食べ放題の街

⑥忘れていた味

⑦記憶の水

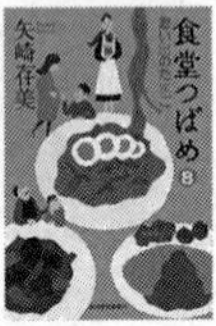

⑧思い出のたまご

生と死の堺目の「街」にある、
不思議な料理店「食堂つばめ」で、
料理人ノエは、今日も腕を奮っています。
料理を食べた人が、
大切な誰かのもとに戻れるように——。

ハルキ文庫